DAVID • DAS HAUS DES ERINNERNS UND DES VERGESSENS

FILIP DAVID

Das Haus des Erinnerns und des Vergessens

Aus dem Serbischen
von
Johannes Eigner

Wieser *Verlag*

Das Erscheinen des Buches erfolgte
mit freundlicher Unterstützung des
Kulturministeriums der Republik Serbien
und des Landes Kärnten.

LAND █ KÄRNTEN
Kultur

Wieser *Verlag* GmbH

A-9020 Klagenfurt/Celovec, 8.-Mai-Straße 12
Tel. + 43(0)463 370 36, Fax. + 43(0)463 376 35
office@wieser-verlag.com
www.wieser-verlag.com

Lärm

Dieses Geräusch…es ist so oft da. Ein fahrender Zug. Die dahinrollenden Räder des Zuges. Anfangs konnte ich mir nicht erklären, woher dieser Lärm kommt. Er weckte mich immer wieder mitten in der Nacht. Ich stand jedes Mal auf, öffnete die Fenster und versuchte, dessen Ursprung auszumachen. Vergebens. Es gab in der Nähe keine Gleise, keinen Bahnhof.

Ich hielt mir die Ohren zu, steckte den Kopf unter das Kissen. Nichts half. Dieser hartnäckige, monotone Lärm hörte einfach nicht auf.

Rat-ta-rat-rat-ta-rat.

Ich pflegte mich anzukleiden, aus dem Haus zu gehen und durch die leeren Straßen zu irren, um vor diesem monotonen Geräusch eines fahrenden Zuges möglichst weit wegzulaufen.

Das Geräusch begleitete mich. Es war da, um mich, in mir, nicht abzuschütteln. Es trieb mich zum Wahnsinn.

Rat-ta-rat-rat-ta-rat.

Auf einmal hörte es auf. Aber ich wusste, es würde wiederkehren. Mit jedem Mal lauter, hartnäckiger, unerträglicher.

Einleitung (aus dem Tagebuch des Albert Weisz)

In welchem von einer zufälligen Begegnung die Rede ist, bei der die Frage gestellt wird, ob unser Schicksal vorausbestimmt ist, erklärt wird, was ein Daimon ist und Schlüsse aus einigen Lebensirrtümern gezogen werden.

Anfang 2004 nahm ich an einer von der Europäischen Union organisierten internationalen Tagung im Belgrader »Park«-Hotel zum Thema »Verbrechen, Versöhnung, Vergessen« teil. Das Treffen verlief wie viele ähnliche großteils in einer akademischen Atmosphäre. Die meiste Zeit wurde für vergebliche Versuche vertan, der Natur des Bösen auf den Grund zu gehen und sein philosophisches, theologisches, ja menschliches Wesen zu bestimmen. Als das Böse bezeichnen wir Vielerlei – von Naturkatastrophen über Krankheiten bis hin zu gewaltsamem Tod, Kriegen, Verbrechen. Wenn ausschließlich von Verbrechen die Rede ist, hört man hauptsächlich die These von der Banalität des Bösen, aufgestellt von Hannah Arendt nach dem Eichmann-Prozess in Jerusalem. Viele der Sprecher hoben hervor, wie Frau Arendt nach dieser ihrer Erkenntnis endlich wieder in Ruhe schlafen konnte, in der Überzeugung, dass sich ein Verbrechen in den Ausmaßen des Holocaust nie mehr wiederholen würde, dies hingegen aber nicht auszuschließen wäre, handelte es sich beim Bösen um etwas Metaphysisches, dem menschlichen Begreifen völlig Unzugängliches. Während des Vortrags der verschiedenen Referate bemerkte ich jemanden in der letzten Reihe, der immer aufmerksamer lauschte, ohne dass er zu den Teilnehmern gehört hätte.

Und schließlich wird er uns – da er jedermann oder wer immer ist – als niemand im besonderen erscheinen. Und das führt uns zum ersten seiner Streiche zurück, der darin bestand, uns an seiner Existenz selbst zweifeln zu lassen.

Denis de Rougemont, *Der Anteil des Teufels*

Auf einmal kommst du drauf, dass es dich nicht gibt. Dass du in tausend Stücke zersplittert bist, und dass jedes Stück sein Auge, seine Nase, sein Ohr hat...ein Haufen Scherben...

Ljudmila Ulitzkaja, *Ljudi nashego zarja (Die Leute unseres Zaren)*

Es gibt zur zwei Arten zu leben. Entweder so als wäre nichts ein Wunder oder so als wäre alles ein Wunder.

Albert Einstein

Die Abende nach den Sitzungen im weitläufigen Speisesaal des Hotels verliefen um Vieles entspannter und entkrampfter, und es ergaben sich interessante Gespräche, denn die meisten von uns kannten sich von früher, als wir in ein und derselben Heimat gelebt, ähnliche Schicksale und ähnliche Freundschaften geteilt hatten. Nachgerade anekdotenhaft wurden Geschichten von Kriminellen, Mördern und Einbrechern erzählt, die man aus den Gefängnissen entlassen und an die vorderste Front geschickt hat, von Nachbarn, die einander in frisch erwachtem, fanatischem religiösen und nationalen Hass abgeschlachtet haben. Das Böse konnte man sich entweder mit einer kriminellen Vergangenheit oder primitiver Veranlagung erklären, mit schlechter Erziehung und Bildung, mit einem Charakterfehler, der traditionellen Mentalität, den Manipulationen durch die Politiker, kurz mit all dem, was der menschlichen Natur eigen und ihr eben nicht fremd ist. All diese Geschichten waren von jenem Gedanken durchzogen, der einer Deutung des Bösen als etwas Irdisches, Simples, in der Tat Banales und Erklärbares entgegenkam.

– *Verstehen heißt rechtfertigen* – wandte eine Stimme entgegen dem allgemeinen Tenor des Gesprächs ein. – Dies sind die Worte eines großen Schriftstellers, der die ungeheuren Ausmaße des Bösen und des Verbrechens erfahren hat. Und der gesagt hat, dass man sich eine neue Sprache ausdenken müsse, wenn vom Bösen die Rede ist, denn mit unserer Sprech- und Denkweise könne man die Abgründe des Bösen nicht erfassen.

Für einen Augenblick herrschte Stille. Ich erkannte jenen Unbekannten wieder, der in der letzten Reihe des Konferenzraums gesessen hatte.

– Ich komme zu solchen Tagungen, auch wenn ich nicht eingeladen bin. Ich möchte mir da alle möglichen Deutungen anhören und versuchen, die Natur und die Macht von Verbrechen zu begreifen, gegen die nichts auszurichten ist und gegen die wir schicksalhaft machtlos sind.

Woanders hätten diese Worte wohl deplatziert gewirkt, ja tragikomisch, aber der Mann sprach ruhig und mit einer so hypnotisierenden Selbstsicherheit, dass zumindest für ein paar Augenblicke das allgemeine Gemurmel verstummte und die Anwesenden ihm aufmerksam zu lauschen begannen. Und er fuhr fort:

– Ich möchte ja, dass die Erklärung so einfach ausfällt, wie sie heute in einigen Ausführungen zu hören war: dass nämlich das Böse und das Verbrechen lediglich Handlungen von kriminellen Typen seien, von manipulierten Menschen und blindwütigen Fanatikern, gefangen in verbrecherischen Ideologien. Vermöchte ich davon überzeugt zu sein, woran Hannah Arendt glaubte, dann würde ich wahrscheinlich auch ruhig schlafen. Aber mein Traum ist nur ein schrecklicher, unablässiger Alb, denn solche Behauptungen sind ohne Beweis und ohne jede Untermauerung, sie wiegen uns lediglich in unseren Illusionen, dass wir das Verbrechen, so wir ihm ein menschliches Antlitz verleihen, auch schon unter Kontrolle gebracht hätten.

Der Kellner brachte zu jenem Zeitpunkt eine neue Runde Getränke, und die anfängliche Aufmerksamkeit verflog. Die Teilnehmer begannen sich wieder zu unterhalten, und jemand brachte, wie es in solchen Gesellschaften oft üblich ist, auf Kosten des ungebetenen Gastes einen unpassenden Scherz an. Niemand hörte mehr auf die eben erst begonnene Tirade. Da drehte sich dieser Mensch zu mir, der ich in der nächsten Nähe war, entschlossen, wenigstens einen Zuhörer für seine Geschichte zu finden.

– Das erste Mal begann ich über die Natur des Bösen nachzudenken, als ich noch ein Kind war und mit dem Grauen unbegreiflichen Sterbens konfrontiert wurde, ungerechten, sinnlosen Sterbens, wie auch immer. Wissen Sie, der Eine durchlebt ein ganzes Jahrhundert und sieht keinen einzigen toten Menschen, der Andere erstickt schier an einer pausenlosen Gegenwart des Todes, im Wachen und im Schlaf. Ich war zehn Jahre alt, als der Zweite Weltkrieg begann. Ich lebte mit den Eltern in einem Provinzstädtchen, das von den Deutschen besetzt wurde. In unser Haus wurde eine Familie von Volksdeutschen einquartiert. Sie hatten einen Sohn, der etwas älter war als ich. Wir begannen uns anzufreunden. Eines Tages sagt er mir, dass mein Vater verhaftet worden sei und zu Mittag zusammen mit anderen Geiseln erschossen werde. Ich erzähle das meiner Mutter, die sagt, dass das kindliche Hirngespinste seien und der Vater freigelassen werde. Aber mein neuer Freund nimmt mich am Arm: »Ich lüge nie, hab das von Vati gehört. Gehen und schauen wir!« Er führt mich zu einem aufgelassenen Fabrikshof, wir verstecken uns hinter einem Erdwall. Es hat nicht lang gedauert, da haben die Deutschen zwei Maschinengewehre aufgestellt und dann aus den Baracken eine Gruppe von Leuten geführt, die an den Händen gefesselt waren. Unter ihnen habe ich meinen Vater erkannt. Da, vor unseren Augen haben sie zu schießen begonnen. Ich sah, wie er fällt. Er war ein kräftiger, großgewachsener Mann, in den besten Jahren, kein einziges Mal krank. Dieser sinnlose Tod meines Vaters, dessen Zeuge ich wurde, begleitete mich durch meine ganze Kindheit und Jugend. Und das war das schrecklichste Gefühl: begreifen zu müssen, dass ein solches Verbrechen sinn- und grundlos geschieht, dass der Tod jemanden ereilen kann, der blindlings aus Tausenden ausgewählt wurde, zufällig von der Straße weggefischt. Und seine Mörder hat er nicht einmal kennengelernt, genauso wenig wie sie ihn, es war ein völlig absurder Tod, ein grauenhaftes Verbrechen. Von diesem Tag an verstummte ich, ich konnte nicht mehr sprechen, und es dauerte lang, bis ich das Sprachvermögen wieder zurückerlangte, dank der innigen Zuwendung meiner Mutter und der Fürsorge und Liebe meiner jüngeren Schwester.

Der Lärm am Tisch wurde größer, neue Weinflaschen wurden aufgetragen. Alle hatten auf den ungebetenen Gast vergessen, nur ich nicht, ich hörte mir teils aus Neugier, teils aus Höflichkeit seine Geschichte an.

– Jetzt ist mir, im Nachhinein betrachtet, klar, dass mein weiteres Schicksal durch diesen tragischen Vorfall vorgezeichnet war, dass er mir seinen Stempel aufgedrückt hat, den »scharlachroten Buchstaben«, der auf immer mein Leben markieren wird. Wissen Sie, eben das versuche ich Ihnen, die Sie sich in der Theorie mit den Fragen von Verbrechen und Strafe, von Opfer und Henker befassen, zu beweisen, dass dies alles mit dem Verstand nicht so ganz zu begreifen ist, aber auch nicht emotional, dass es da irgendetwas darüber gibt. Die alten Griechen nannten sie »Daimon«, diese Macht »des Führers, der mit uns geht und der sich unserer Bestimmung erinnert«.

Mein Gesprächspartner hielt da für einen Augenblick inne.

– In jedem Menschen wohnt ein geheimnisvolles, fremdes, körperloses, nicht erkennbares Wesen, das sein Schicksal lenkt. Meine Mutter wurde in eines der Lager verbracht, sie kam dort um, und auch sie hat die Gesichter ihrer Mörder nicht gesehen. Auch dieser Tod war anonym. So wie der gewaltsame Tod meiner Schwester, am Tag der Befreiung, von der Hand eines tobsüchtigen Kämpfers, der einen Nervenanfall bekam und alle, die in seiner Nähe waren, umzubringen begann. Vor nicht allzu langer Zeit verlor ich auch meine Tochter. Sie wurde Opfer eines Scharfschützen in Sarajewo. Da kann man nicht von der Banalität des Bösen sprechen, mein Herr, sondern von einem Daimon, der für den einen Schutzengel, für den anderen Richter und Vollstrecker ist, vom Wirken von etwas Mächtigem und Unangreifbarem, von etwas, das sich unserer Deutung entzieht. Ich bin überzeugt, dass jeder Einzelne, jede Familie, ganze Völker über sich jene geheimnisvolle Macht, jenen Daimon haben. Diese führt sie, rettet oder vernichtet sie. Kann man denn von der Banalität des Bösen daherleiern, wenn all diese Tode, die Tode meiner Liebsten, aber auch die Tode vieler anderer, zwar von Menschenhand geschehen sind, aber doch die Tat von Mördern ohne Gesicht waren, von anonymen Henkern, die ihre Opfer überhaupt nicht kannten. Im Unterschied zu Frau Arendt, deren These von der Banalität des Bösen man hier anhängt, bin ich davon überzeugt, dass das Böse kosmischer Natur ist, irrational und unausrottbar. Sünde, Strafe, Vergebung, Trost – alles Gerede davon ist unsinnig und falsch.

Ich sah, wie Tränen in seine Augenwinkel traten. Er wischte sie mit der Hand ab. Ich wollte etwas sagen, ihm mein nachträgliches Mitgefühl ausdrücken, aber ich brachte kein Wort hervor. Und er – es war, als ob er sich schämte nach allem, was er gesagt hatte. Er ist aufgestanden, hat sich umgedreht und ist grußlos gegangen. Ich konnte ihn nicht einmal nach seinem Namen fragen; ja, wir haben uns nicht kennengelernt.

Vielleicht hätte ich mit der Zeit diese Begegnung und diese ungewöhnliche Lebensgeschichte vergessen, wenn sich nicht etwas ereignet hätte, das die Erinnerung daran wachrief. Vor ein paar Tagen kam in den Fernsehnachrichten die Meldung von einem Bombenattentat eines Geistesgestörten auf einen Autobus. Man brachte die Fotos der Opfer. Auf einem der Fotos erkannte ich den Mann, der an jenem Abend von dem unerbittlichen, gewalttägigen Daimon sprach, von diesem mythischen Wesen, das uns mit dem Jenseitigen verbindet.

Werden wir je verlässlich etwas mehr über diesen verborgenen, geheimnisvollen Künder von Leben und Tod wissen, über den rettenden Engel und den Engel des Verderbens, der aus dem tiefsten Schattenreich heraus unser Schicksal lenkt?

Alberts Traum

Albert träumt einen beunruhigenden Traum.

Er befindet sich auf einem verlassenen Provinzbahnhof. Das Bahnhofsgebäude ist heruntergekommen, von den Wänden bröckelt der Verputz. Hinter zwei schmutzigen Fenstern sind die Gesichter des Bahnhofspersonals zu sehen. Hässliche ältliche Gesichter von langgedienten Post- und Bahnbeamten.

Alles ist in bedrohlichem Halbdunkel. Der Himmel ist grau, auf die umliegenden Felder hat sich Nebel gelegt.

Albert steht am Bahnsteig und wartet. Er weiß nicht worauf und auf wen.

Auf einmal taucht aus dem Halbdunkel ein Ungeheuer mit zwei Feueraugen auf. Die Lokomotive zieht ein Dutzend Waggons. Es ist nur das Rattern der Räder zu hören. Das weckt in Albert ein Gefühl der Angst. Ja der Panik. Er möchte weg von diesem Bahnsteig, an den er gelangt ist, ohne zu wissen, wie. Aber er kann nicht.

Die schwarze Lokomotive zieht unbeleuchtete Waggons nach sich.

Der Zug fährt in den Bahnhof ein, wird langsamer, bleibt aber nicht stehen. Dennoch kann Albert an die Waggonscheiben gepresste Gesichter sehen. Das sind nicht Gesichter von Lebenden.

Das sind Tote, fürwahr ein Toten-Zug.
Und aus diesem monotonen Lärm, der Albert Schauder und Schrecken bereitet, dringt zu ihm eine alles übertönende Stimme, eine Kinderstimme.

– Bruder, rette mich! Es ist so finster hier!
Es ist die Stimme seines kleinen Bruders Elijah.
Er ruft ihm zu: – Fürchte dich nicht, Eli, ich bin ja da!

Er kann bloß seine Blicke dem sich entfernenden Zug nachschicken.

Schweißgebadet erwacht er. Der Traum frisst sich tief in sein Bewusstsein.

Erstes Kapitel

Welches Betrachtungen über die Grenzen des Erlaubten und den Versuchen, diese Grenze zu überschreiten, gewidmet ist.

Aus dem Tagebuch von Albert Weisz.

Die Aufzeichnungen im Tagebuch füllten viele Blatt Papier, das war eine Zeit, in der ich Nacht um Nacht geschrieben habe, getrieben von einer, so könnte man sagen, wahnwitzigen Energie, ich zeichnete die flüchtigsten Gedanken auf, die sonderbarsten Begebenheiten und Erlebnisse, von denen ich glaubte, sie würden mich einer Erklärung all dessen, was wir durchlebt haben, näher bringen. Und als ich meinte, ich würde endlich den Ausgang aus diesem düsteren komplizierten Labyrinth finden, würde dem geheimen Mechanismus seiner verschlungenen Wege immer näher kommen, da haben sich mit einem Mal alle Durchgänge zu verschließen begonnen, die Hand versagte mir, die Gedanken verwandelten sich in chaotische unzusammenhängende Sätze. Ich hörte auf zu schreiben, aufzuzeichnen, Zeuge zu sein, es gelang mir nicht mehr, auch nur einen zusammenhängenden Gedanken zu formulieren. Das, was ich tagsüber auf das weiße Blatt Papier niedergeschrieben hatte, löschte sich in der Nacht von selbst, verschwand, als ob es nie aufgezeichnet worden wäre. Manchmal wollte ich mich zur Einbildung versteigen, ich schriebe »mit schwarzem Feuer auf weißem Feuer«, so wie die mystische Thora geschrieben ist. Gott behüte, dass ich mich mit dem geheimnisvollen Autor dieser Schrift vergleiche, die viel mehr ist als Schrift, die das Leben selbst ist, Existenz für sich, ein lebender Organismus, der in sich gleichzeitig auch den Sinn seines Bestehens enthält. Bisweilen hatte ich den Eindruck, meine niedergeschriebenen Worte würden ihr Brandmal hinterlassen und auf meinen Händen schmerzhafte Verbrennungen verursachen, etwas, das, wie man aus alten Handschriften weiß, Wissbegierigen manchmal widerfahren ist, die unzulänglich vorbereitet versuchten, hinter Wissen und Geheimnisse zu kommen, welche unter dem Siegel höherer Mächte standen.

Aus Angst, die Grenzen des Erlaubten überschritten zu haben, ließ ich die einzelnen Teile der Handschrift unvollendet und verstreut. Ich hörte auf zu schreiben und verräumte die Aufzeichnungen in die Abstellkammer, die von oben bis unten voll mit derartigen Blättern war. Einen halben Monat, manchmal auch länger, verwahrte ich die vollgeschriebenen Seiten in diesem Versteck – vor wem eigentlich? Vor mir selbst? Ich weiß es nicht. Ich weiß nur, dass ich im Wesentlichen auf unleserliche und konfuse Texte gestoßen bin, als ich diese Blätter aufs Neue durchsah. Ich entdeckte, das kann ich beschwören, Teile, die in einer der meinen ähnlichen Handschrift geschrieben waren, was wohl bezwecken sollte, mich in völlige Verwirrung zu stürzen und mich glauben zu machen, ich würde den Verstand verlieren und dem Wahnsinn verfallen. Die Botschaft, glaube ich, sollte eben sein: Es gibt Gebiete, die zu betreten nicht erlaubt ist, die unter der Aufsicht von Mächten stehen, welche größer und stärker sind als die menschliche Macht.

Es gab Augenblicke, da die Hand ganz von selbst erstarrte und das Bewusstsein sich eintrübte. Kleinmut erfasste mich, ich konnte kaum aufstehen und musste irgendwo sicheren Halt finden, der Boden unter mir wankte, es überkam mich Ohnmacht. Eine unbekannte Krankheit fesselte mich ans Bett, und in meinem Kopf machte sich Chaos breit. Ich versuchte, meines eigenen Verfalls mit Verstand Herr zu werden, und begriff doch nicht, was mir geschieht und warum.

Die Ärzte vermochten nicht zu sagen, um welche Krankheit es sich bei mir handelte. Symptome: Ohnmacht, hohe Temperatur, Schmerzen am ganzen Körper, Träume, die an eine schwere, gequälte Stimme gemahnten, nur für mich vernehmlich und drohend, Warnung und Aufforderung, mit meinem Schreiben aufzuhören.

Ich versuche herauszufinden, warum es so viel Unglück gab im menschlichen Schicksal, wie es kommt, dass man aus einem friedlichen, geordneten Leben in friedlose, gestörte Zeiten treten muss und das Leben jeden Wert verliert. Woher kommt, wo verbirgt sich dieses Böse, das alles von oben nach unten kehrt, und sich dann wieder verzieht, nichts als Leere in den Menschen und um sie herum zurücklassend?

* * *

Ich widersetze mich dem Zustand verzweifelter Hilflosigkeit und innerer Panik und entspanne mich also und schließe die Augen. Ich atme durch beide Nasenlöcher ein und stelle mir vor, wie die Luft durch meinen ganzen Körper durchzieht und ihn mit neuer Energie ausfüllt. »Einfache Atemübungen« nennt man das, ausgehend von einem unendlich entfernten Punkt, vom Rand des Weltalls. Dann spüre ich Erleichterung, nicht für lange, aber doch Erleichterung.

Es hat den Anschein, ich bin davon immer mehr überzeugt, dass bestimmte Dinge nicht niedergeschrieben werden dürfen oder können. Nicht, weil das niemand will, sondern weil es nicht erlaubt ist. Nicht menschlichem Willen geschuldet, sondern einem Willen, der die schreibende Hand und den denkenden Kopf zu zäumen vermag, einer Macht, die stärker ist als alles, was wir sind, waren und sein werden.

Zweites Kapitel

*Gewidmet den Erinnerungen an den
Vater und seinen prophetischen Visionen.*

Meine frühesten Erinnerungen reichen weit und tief in die
Vergangenheit zurück. Ins Gedächtnis prägte sich mir das
strenge, aber gerechte Antlitz meines Großvaters, eines
polnischen Rabbiners aus Lemberg. Mein Vater setzte
diese Familientradition nicht fort, er gehörte zu jenen
aufgeklärten Juden, die sich von der Tradition lossagten,
polnisch, russisch und deutsch sprachen und sich des Jid-
dischen als einer Sprache der mitteleuropäischen jüdischen Unterklasse schämten. Meine Mutter lernte er ganz
zufällig auf einer Reise durch Serbien kennen. Sie stamm-
te aus einer sephardischen Familie. Das sind jene Juden,
die aus Spanien vertrieben worden waren, ihre Sprache
war das Ladino, eine Mischung aus altspanischen und
slawischen Wörtern. Ihr Vater hatte in K. ein Handelsge-
schäft. Die Familie war groß, neun Kinder. An einem
Ehrenplatz in der Wohnung, in einem Schrank mit Glas-
türen, befand sich auf einem Perlmutt-Ständer, zwischen
Porzellantellern neben der Menora, ein großer massiver
Schlüssel, eine alte Familienreliquie, die von Generation
zu Generation weitergegeben wurde, über den Großvater,
den Urgroßvater und so weiter, der Schlüssel zum Haustor
in Sevilla, von wo die Berahs, unsere Vorfahren mütter-
licherseits, fortgezogen sind, auf Befehl der Königin Isa-
bella unter der Androhung der Inquisition vertrieben. Der
Schlüssel wird als eine schon verblichene Sehnsucht nach
Spanien verwahrt, als eine Erinnerung an eine lang zu-
rückliegende Familiensaga. Das ist die Erzählung vom

jungen Simon Berah, der nach einem Schiffbruch mediterranes Land betritt und sich einer Gruppe von Pilgern anschließt. Auf dem Weg mit den Pilgern, der sie von Heiligtum zu Heiligtum führte, hörte er wundersame Geschichten und erlebte eine Reihe von Abenteuern. Diese Geschichten hat man sich in unserer Familie als Überlieferungen weitererzählt, in denen wahre Begebenheiten mit kabbalistischen Allegorien verschmolzen. Es sind Geschichten über langes Herumirren, über Vertreibung, Heimatlosigkeit, über ein Leben, welches uns unablässig daran gemahnt, dass wir nur Gast sind in einer fremden Welt.

Mein Vater und meine Mutter haben einander in den Zwanzigerjahren des vorigen Jahrhunderts kennengelernt; wie es das Schicksal oft will, hat eine zufällige Begegnung auf einer Familienfeier ihr künftiges Leben bestimmt. Ehen zwischen Aschkenasen und Sepharden waren nicht sehr häufig. Die Aschkenasen waren, wie im Fall meines Vaters, die Vertreter der jüdischen Aristokratie, während die Sepharden, einst stolzer Teil der spanischen Kultur, mit der Zeit zu ärmlichen Balkanjuden verkamen.

Über irgendeine Linie war mein Vater mit dem berühmten Houdini verwandt, der in Wirklichkeit Erik Weisz hieß. Erik war eines von sechs Kindern des Rabbiners Mayer Weisz. Dieser große Illusionist brachte es in der Kunst des Entkommens aus geschlossenen Räumen und des Entfesselns zu einer Perfektion, die ans Unmögliche grenzte. Mein Vater sprach im Scherz und später dann auch ganz im Ernst oft davon, dass alle Weisz dieses Erbe teilen.

Ein naher Verwandter meines Vaters erhielt nach diesem berühmten Illusionisten den Namen Erik. Dieser Verwandte ist einer der wenigen aus der Familie Weisz, der den Holocaust überlebte, aber später dann verliert sich seine Spur. Es gibt weiter nicht nachprüfbare Gerüchte, dass er nach allem, was er durchgemacht hat, in einer Anstalt für Geisteskranke landete.

Vater kehrte im Jahr 1937 sehr besorgt von einer Dienstreise nach Österreich und Deutschland zurück. Hitler war schon an der Macht, die Nazis hatten schon ihre Rassengesetze erlassen. Es war unmöglich, das Geschehen, das kommen sollte, aufzuhalten.

Vater sprach davon, wie die Welt um uns sich verschließt und gefährlich wird, und dass er als Oberhaupt der Familie danach trachten muss, uns zu schützen und vor Unglück zu bewahren. Sein Bild von einer geordneten Welt fiel in sich zusammen. In einer nach Natur- und Menschengesetz geordneten Welt wäre das, was sich abspielte, nicht möglich gewesen. Klar sah er das Böse, das in schrecklichem Ansturm immer näher kam. Die Welt, von der man glaubte, sie sei geordnet und enthalte einige unverbrüchliche Werte, befand sich vor dem Zerfall und dem Verschwinden. Das Böse breitete sich rasant aus, es blieb so gut wie keine Zeit, etwas dagegen zu unternehmen. Alles hat sich auf einmal gewendet. Vielen war nicht klar, wie und warum.

Unser Leben ist verbunden mit dem Leben aller anderen, auch wenn wir das nicht wollen. Die ganze Welt ist ein Buch, bestehend aus vielen Wörtern, die durcheinander geraten sind. Wer imstande war, deren wahre, echte Bedeutung zu erschließen und herauszulesen, konnte den ganzen Schrecken dessen, was kommen sollte, erahnen. Doktor Freud nannte dies die »beängstigende Normalität des Bösen«. Ich erwähne diesen Doktor nicht zufällig.

Meine Großmutter trug den Namen Freud und war ein Liebling des berühmten Wiener Therapeuten.

Vater geriet ins Wanken. Hat er zu sehr an die Rationalität der Welt geglaubt, sich zu leicht von den mythischen Überlieferungen seiner Vorfahren losgesagt? Es wurde ja immer augenfälliger, dass nicht rationale, sondern irrationale Kräfte die Welt beherrschen. Die Welt trieb unaufhaltsam auf die Katastrophe zu, auf schrecklichste Geschehnisse, welche jene mit einem »Sechsten Sinn« Begabten schon damals kommen sahen – Richtstätten, Massenvernichtungen, Trennungen ganzer Familien auf dem Weg in die Todesfabriken. Ja, ich schwöre bei allem, was mir heilig ist, mein Vater hat diese Geschehnisse, welche erst bevorstanden, in seinen prophetischen Visionen kommen gesehen. Dank seiner machtvollen Gabe, Künftiges zu schauen, erschloss sich ihm Schicht für Schicht die Bedeutung dessen, was geschah, erschloss sich ihm die in der Gegenwart verborgene Zukunft. Er sprach zu uns, meiner Mutter und mir, in tiefer Überzeugung, bald verzweifelt, bald hoffnungsfroh davon, dass es neben dieser unserer Welt andere Welten gebe, geheime, verborgene, und neben diesem Leben eines in anderen, parallelen Dimensionen.

Elijah war damals erst zwei Jahre alt. Er verstand noch nicht, in welche Welt er eintritt. Auch ich nicht, jedenfalls nicht ganz. Mit meinen sechs Jahren war ich überzeugt, schon zur Welt der Erwachsenen zu gehören. Vater sagte mit Stolz, dass man sich auf mich verlassen könne, was in diesen finsteren und gefährlichen Zeiten überaus wichtig sei. Ich empfand dies als eine große Anerkennung.

Mein Bruder Elijah wurde mir zur Obhut anvertraut. Ich liebte ihn sehr. Man brachte uns bei, dass wir beide

Eins seien, dass ich als älterer Bruder ihn nie alleine lassen und im Unglück verlassen dürfe, dass ich ihm alles, was im Leben wichtig ist, beibringen müsse. Ich nahm das sehr, sehr ernst. »Mein kleiner, großer Bruder«, flüsterte ich an seinem Bettchen, wenn ich ihn in den Schlaf wiegte. Elijah war so zart, fast durchsichtig, er sprach gerade die ersten Worte. Kinder, die später zu sprechen beginnen, seien, so sagt man, scharfsinniger und gescheiter als andere Kinder, können besser abwägen und einschätzen, und wenn sie etwas sagen, klingt es reif und intelligent.

Ich blickte mit meinen ja doch kindlichen Augen auf die Welt und glaubte naiv, dass es nur das gebe, was mir Sicherheit einflößte: meine Eltern, die Verwandten, Freunde, mein Bruder Elijah, Dinge, die ich angreifen konnte, den Wechsel von Tag und Nacht, den Wechsel der Jahreszeiten.

Vaters immer merklicher werdende Sorge, seine immer häufigere schlechte Stimmung und seine nicht zu Ende gesprochenen Sätze wirkten wie das Verhalten von jemandem, der den Kontakt zu seiner Umgebung verliert und der uns in ein düsteres Abenteuer hineinzieht, uns unserer liebgewordenen und verständlichen Dinge und der Welt entfremdet, die uns gehörte und der wir angehörten. Ja, dieses Verhalten nach seiner Rückkehr aus Wien und Berlin träufelte in meine Seele das Gift der Angst, Angst vor dem Unbekannten. Selbst heute packt mich bisweilen eine unerträgliches Unbehagen, wenn ich mich dieser Tage erinnere: Stürzte etwa mein vergötterter Vater, dem ich widerspruchslos glaubte, mit einem Mal in eine Art Wahnsinn, während ich in der gefährlichen Illusion von einer beständigen und unveränderlichen sichtbaren, mich in ihre Obhut nehmenden Welt lebte?

Ich war noch zu jung und zu unerfahren, um das Wesen dieser Veränderungen richtig einschätzen zu können, Veränderungen, die nicht nur für Mutter und mich, sondern für unsere ganze Umgebung sichtbar wurden.

Eigentlich entsprang alles der Sorge um unser Überleben. Als Vater in dieser schwierigen Lebenssituation früher als viele andere begriff, dass sich ein Riss auftat, der sich zu einem finsteren Abgrund apokalyptischen Ausmaßes wandelt und weitet, sah er sich, was zweifellos auch seine Pflicht war, als unser Beschützer; er versuchte jenen sicheren Ort zu finden, der fern und frei von aller Gefahr war. Das, was vielen erst Jahre später als Hinfälligkeit alles Menschlichen erschien, hat er damals schon gesehen, ganz klar, und es war gewiss nicht eine gewöhnliche Beunruhigung und Sorge, sondern ein innerlicher Schrecken, eine innere Panik, die er nicht zu unterdrücken und loszuwerden vermochte. Wenn Wahnsinn das ist, was man Inkongruenz mit der »Erfahrung des kollektiven gesunden Menschenverstands« nennt, ja dann war er wahnsinnig. Aber worin bestand dieser »kollektive gesunde Menschenverstand«? In nichts anderem, als in einer gefährlichen Täuschung. Die einzige Obsession meines Vaters, nennen wir es ruhig wahnhafte Obsession, bestand darin, uns zu retten, uns das zu ersparen, was uns in dieser heranbrechenden Zeit unausweichlich bevorstand.

Jene Wenigen, die eine klare Vision vom dräuenden Armageddon hatten, was konnten sie tun, was taten sie? Es gibt eine durchaus wahre Geschichte von einem vor Sorgen kranken Vater, der begann, seine Kinder mit zunächst kleinen Mengen von Zyklon B zu vergiften, und der diese Mengen dann stufenweise erhöhte, so als ob die Kleinen damit immun gegen das tödliche Gas würden.

Woher wusste dieser besorgte Mann schon damals, einige Jahre bevor dieses Giftgas in Gebrauch genommen wurde, dass es zum unersetzlichen Mittel für die Massenvernichtung werden würde. Nun, er wusste es, hatte eine Vision, eine Eingabe. Einigen Menschen ist es gegeben, erst noch kommende Geschehnisse zu sehen, sie mit einer derartigen Klarheit und Gewissheit zu sehen, als ob nicht von etwas Zukünftigem sondern wirklich Gegenwärtigem die Rede sei.

Es gab keine große Wahl. Es galt, auf gefahrlose aber sichere Weise zu verschwinden. Sich aus dem Blickfeld der Gefahr zu entfernen. Ich gebe zu, Mutter und ich nahmen ungläubig Vaters Ideen auf, wie man unsichtbar oder winzig bis zur Unbemerkbarkeit werden könne. Mutter sagte halb im Scherz, halb im Ernst, dass das Schrumpfen bis zur Unbemerkbarkeit doch eine gefährliche Sache wäre, auch wenn wir einen Mechanismus für eine derartige Verwandlung fänden. Wir wären neuen Gefahren ausgesetzt – es könnte uns jemand versehentlich oder absichtlich zertreten. Die Gefahr bestand also weiter. Vater ärgerte sich, denn er bemerkte in Mutters Worten neben Ungläubigkeit auch das Walten gesunden Menschenverstands, und das war in seinen Augen ein ebenso absurdes wie dummes Verhalten in einer Zeit, da es keinen mehr gab.

Viel später verstand ich, dass im Leben eigentlich alles möglich ist und dass oft die schwierigsten Dinge gleichzeitig auch die einfachsten sind.

Man kann auf verschiedenerlei Art verschwinden. Eine davon ist, jemand anderer zu werden. Bis gestern warst du Albert Weisz, aber von heute an gibt es keinen Albert Weisz mehr, du bist jemand anderer geworden, mit einem anderem Namen, jemand, der ganz gut in eine völlig aus den Fugen geratenen Welt passt. Du warst und bist nicht mehr. In meinem kindlichen Bewusstsein schien mir das als etwas Schreckliches, Beängstigendes. Denn das hieß, alles, was dir lieb und wert war, zu verlieren: die Eltern, die Freunde, dich selbst.

Nicht sehr viel später sind viele auf die eine oder andere Weise verschwunden. Der Weg ohne Rückkehr zu den Verbrennungsöfen von Auschwitz. Das war der Endpunkt einer zum vollständigen Zerfall gebrachten Welt.

Vater meinte mit Verschwinden etwas anderes: Abwesenheit, Nichtanwesenheit, Unsichtbarkeit. Er glaubte an die Macht des Geistes und die Kraft des Wortes. Heute wissen wir verlässlich, dass unsere Welt keine materielle ist, das ist von Wissenschaftlern und durch die immer komplizierteren Gesetze der Physik, die ins innerste Wesen der sogenannten Wirklichkeit vordringen, bewiesen. Heutzutage gestehen bekannte Physiker freimütig ein, dass sie sich untereinander eigentlich nicht mehr viel zu sagen haben, dafür sich aber in Gespräche mit bekannten Mystikern einlassen. Die Physik hat die Grenze des Begreifbaren überschritten und den Boden der Metaphysik betreten. Was heute mit ausgeklügeltsten Instrumenten bewiesen wird, haben erwählte Menschen, Mystiker, durch Intuition erkannt und bewiesen. Es ist wissenschaftlich bewiesen, dass es verschiedene, theoretisch nachgewiesene Arten von Verschwinden gibt, und Vater versuchte ihre praktische Anwendung. Traurige Tatsache dabei ist, dass er seiner Zeit beträchtlich voraus war.

Während sich in der Welt Panik breit machte und in vielen Ländern Rassengesetze erlassen wurden, saßen wir in einem verdunkelten Zimmer, als wären wir Opfer, die hilflos auf ihre Henker warten. Aber das konnte nur jemandem so vorkommen, der alles von außen betrachtete. Selbstbeherrschung gehörte zu unseren ersten Lektionen. Wir arbeiteten an unserer eigenen Verwandlung und an der Veränderung der Wirklichkeit, in der wir lebten. In der Tat hat uns Vater zum Ziel gesetzt, einen höheren Bewusstseinszustand zu erreichen.

– Mittels einer erfolgreichen Kontrolle des Geistes, sagte Vater, kann man das beherrschen, was man mit dem inneren Auge sieht. Und das bedeutet den Übergang in andere Dimensionen der Wirklichkeit, in denen man einen sicheren Ort der Zuflucht findet, wo man geschützt, versteckt, unsichtbar und aus einer Welt weg ist, in der es keinen Platz mehr für uns gibt und in der wir auf Gedeih und Verderb jeglicher Schurkerei ausgeliefert sind.

Im völlig verdunkelten Zimmer entzündete Vater eine Kerze. Wir blickten tief in die Flamme und sprachen Verse des Gedichts »Wenn die Angst ist wie ein Fels« des alten spanischen Dichters Schem Tov ben Joseph ibn Falaquera.

Wenn mich die Erinnerung nicht trügt, lauteten diese Verse folgendermaßen:

Wenn die Angst ist wie ein Fels
Werde ich zum Hammer
Wenn die Trauer zur Flamme wird
Verwandle ich mich in ein Meer
Wenn solches geschieht
Wird mein Herz stark
Wie der Mond der heller scheint
Wenn alles schwarze Nacht bedeckt.

Mit der Zeit haben wir uns viel darin geübt, Wege für den Übergang von einer Realität in die andere zu finden. Vielleicht hätten wir, wäre mehr Zeit gewesen, eine solche Reise angetreten. Wir mussten jedoch immer die Warnung vor Augen haben, dass man in einer dieser unbekannten und unerforschten Welten verschwinden und ein für alle Mal verschluckt werden konnte. Deshalb lernten wir, wie wir mit Hilfe bestimmter Symbole, Buchstaben und Zeichen die Verbindung mit jener Wirklichkeit aufrechterhalten konnten, aus der wir uns vorübergehend zurückziehen wollten.

Im Buch eines kabbalistischen Mystikers heißt es: *Wegfliegen ist Freude, aber vor dem Abfliegen sollte man wissen, wie man wieder landet.*

In all dem war ich ein unfertiger Schüler. Oder vielleicht besser gesagt, ich war angelernt. Es fehlte mir an Jahren, Glauben, Erfahrung. Und als sich eines Tages meine Wege von denen des Vaters, der Mutter, des Bruders trennten, war ich nicht mehr der Albert Weisz, sondern ein Fremder in einer fremden Welt, ein Junge voller Angst und Hass.

Aber ich werde mich immer an jene Worte erinnern: »Wenn du meinst, es sei alles verloren, dann schließe einfach die Augen. Das ist der schnellste Weg des Entkommens. In uns selbst und auch außerhalb gibt es noch viele Welten, in denen unsere Verfolger, Menschen oder böse Geister, uns nicht finden können.«

Drittes Kapitel

Wir waren schon zwei Tage und zwei Nächte unterwegs, durstig und hungrig. Wir hatten in dem von Menschen- körpern überfüllten Waggon kaum einen Platz finden können und schliefen auf dem harten Boden. Elijah weinte immer wieder, zwischendurch beruhigte er sich in den Armen der Mutter. Sie sang leise zu ihm, nur zu ihm:

Weine nicht, mein Kleiner, der Messias wird kommen.
Wann wird er kommen?
Bald wird er kommen.
Was für Tage werden dann sein?
Freudvolle Tage, Tage des Gesangs,
Tage des Glücks,
Alleluja, mein Kleiner!

Ich glaubte an Vaters Fähigkeit, aus jeder bedrohlichen Situation einen Ausweg zu finden. Genau darauf arbeite- te er hin.

Inmitten des Lärms der ratternden Räder, des Weinens der Kinder und der verzweifelten Stimmen der Erwach- senen setzte er seinen Plan in die Tat um. Mit einem Mes- ser, das er irgendwie in einem Stiefel mitschmuggeln konnte, schob er, abgeschirmt von unseren Körpern, lang- sam die Bretter des Viehwaggons auseinander. Schweiß rann über sein Gesicht, und Mutter wischte ihn ab. Diese Arbeit ging ganz langsam vonstatten, die Öffnung wurde kaum merklich größer, aber ich wusste, dass Vater es schaffen würde. Er war nicht einer, der aufgibt oder aufhört. In seinen Adern floss das Blut des großen Houdini, des Rabbiner-Sohns Erik Weisz, der mit seinen Befreiungskünsten die ganze Welt in Staunen versetzte.

Bis Mitternacht hatte Vater die Öffnung weit genug gemacht. Ich konnte den Vollmond sehen, der uns begleitete, und die schneebedeckten Felder unter dem gespenstischen Schein des Mondes.

– Albert, flüsterte er. – Bald werden wir uns trennen. Für einige Zeit werdet ihr allein sein. Denk an all das, was ich dir beigebracht habe. Pass auf Elijah auf. Er wird niemanden haben außer dich. Behüte unseren kleinen Elijah – er umarmte mich. – Wir werden uns wiederfinden, wir werden wieder zusammen sein, in diesem oder in einem anderen Leben.

Er rückte ganz nahe an mich heran, um mich zu küssen. Ich sah eine Träne in seinem Auge. Sie rann auf meine Hand. Die Spur, die heiße Spur, welche sie hinterließ, spüre ich noch heute.

Er wartete, bis der Zug langsamer wurde. Elijah klammerte sich krampfhaft an die Mutter. Sie schluchzte, aber es blieb keine Wahl. Mit grober Hand trennte sie sich von ihm. Vater nahm Elijah. Das Letzte, woran ich mich erinnere, ist Elijahs entgeisterter Blick. Er begriff nichts. Verstand nicht, was da vor sich ging, warum er nicht bei uns bleiben durfte.

Vater schob ihn durch die Öffnung, die er gemacht hatte. Elijah glitt in die Nacht.

– Jetzt du, sagte Vater. Ich versuchte mich durchzuzwängen, schaffte es aber nicht.

Vater schob das Messer ins Holz und weitete die Öffnung. Es vergingen Minuten. Irgendwie zwängte ich mich durch. Ich fiel in den Schnee.

Ich richtete mich ein wenig auf und sah im Schein des Mondes, wie sich der Zug mit meinen Liebsten, Vater und Mutter, entfernte.

Ich ging das Gleis entlang, um Elijah zu suchen. Zunächst sprach ich leise seinen Namen aus, aber dann rief ich so laut ich konnte, dass ich hier bin, dass ich ihn hole, dass er sich rühren soll. Ich verließ das Gleis und ging Richtung Wald, auf der Suche nach irgendeiner Spur von ihm. Ich fand nichts. Überall um mich herum herrschte Stille, schreckliche Stille. Müdigkeit überkam mich. Meine Stimme wurde immer schwächer. Ich marschierte nach links, nach rechts. Der Morgen nahte.

Ich habe Elijah nicht gefunden. Das war Verrat, mehrfacher Verrat. Ich hatte meinen geliebten Bruder verraten. Ich hatte meine Mutter und meinen Vater verraten. Ich heulte vor Schmerz, alleine in der endlosen Weiße, mit dem einzigen Wunsch einzuschlafen, zu sterben und nie mehr wieder aufzuwachen.

Viertes Kapitel

Enthält den Bericht des Volksdeutschen Johann Kraft
vor den Untersuchungsorganen in N. im Jahr 1945.

Geboren bin ich im Städtchen N., am Ufer der Donau. Dort habe ich meine Kindheit zugebracht, dort habe ich geheiratet. Mein ganzes Leben habe ich im Haus am Stadtrand zugebracht. Die Frau hat mir einen Sohn geboren, einen Buben, den wir mehr als irgendetwas auf dieser Welt geliebt haben. Aber das Unglück kommt, wenn man am wenigsten darauf gefasst ist, grausam, unerwartet, und verändert augenblicklich den Gang des gesamten Lebens. Im Sommer 1941 badete Hans mit Freunden im Fluss. Er entfernte sich vom Ufer, da hat ihn ein Strudel erfasst und in die Tiefe gezogen. Wir haben tagelang nach ihm gesucht, aber ihn nie mehr gefunden. Meine Ingrid war, als hätte sie den Verstand verloren, vielleicht hat sie ihn auch wirklich verloren. Sie ist in einer Ecke des Zimmers gesessen und hat geweint, aber dann ist sie verstummt, hat sich in sich zurückgezogen, in die Hölle, die sich in ihr aufgetan hat. Auch mir war es weiß Gott nicht leicht, aber man muss doch weiterleben – manche Dinge, die passiert sind, kann man nicht ändern oder gutmachen.

Also, ich war Förster. Vielleicht hat das geholfen, dass ich alles so nehmen konnte, wie es war. Den ganzen Tag streifte ich über Felder und durch den Wald, den Wilddieben hinterher. Der Krieg kam immer näher. Die meisten Bewohner unseres Städtchens waren Deutsche, so wie wir beide, Ingrid und ich. Man nannte uns Volksdeutsche. Meine Landsleute konnten die Ankunft der Deutschen kaum erwarten, aber mir war das egal. Zugegeben, ich habe ein Bild des Reichsführers Adolf Hitler an die Wand gehängt, neben die Ikone des Hl. Georg, so wie das ja alle meine Landsleute getan haben. Ich habe niemanden gehasst, doch mein Herz war immer noch erfüllt von Kummer. Als die Deutschen ins Städtchen kamen, hat man sie wie Brüder empfangen, warm und herzlich. In der Stadt gab es schon von früher her den Verein *Kulturbund*, für die Stärkung der Verbindung mit Deutschland. Die Jungen haben deutsche Uniformen angezogen und sich den Soldaten der Wehrmacht angeschlossen. Ich habe in meiner Försteruniform jeder Macht gedient, halt auch dieser. Vieles hat sich geändert, nicht nur die Machtverhältnisse. Überall hat man davon geredet, dass der Krieg schon mit einem deutschen Sieg beendet ist, aber es war noch immer große Ungewissheit in der Luft zu spüren. Ich ging seltener in den Wald, es wurde gefährlich, denn man hat nicht mehr gewusst, wen du dort antriffst und von wem du ohne Grund eine Kugel in den Kopf bekommst. Ich bin hauptsächlich am Waldrand entlang marschiert, neben dem Gleis, nur damit ich nicht neben meiner Frau zu Hause sitzen musste, deren Leiden am Gefühl der eigenen Hilflosigkeit mich zur Verzweiflung brachte. Es fuhren jetzt auch außerhalb des Fahrplans, den ich auswendig wusste, Züge vorbei, welche die Soldaten an die Front brachten, und ab Anfang Herbst auch Viehwaggons, aus denen durch Ritzen Reisende spähten und versuchten, etwas zuzurufen, aber ich habe nur den Kopf weggedreht und bin meines Weges gegangen. Am Rand des Gleises habe ich immer öfter Papierzettelchen gefunden, die aus den Zügen geworfen und auf denen in verschiedenen Sprachen Nachrichten geschrieben waren, für irgendwohin, für irgendwen. Ich habe diese Nachrichten nur flüchtig gelesen, sie zerknüllt und zerrissen, ich hatte genug eigene Sorgen, was gingen mich fremde an. Erst später habe ich erfahren, wohin diese Züge gefahren sind und wer drin war. Aber weder habe ich wem helfen können noch ist es mich etwas angegangen.

Im Winter 1942 hat knietiefer Schnee uns zugeschneit. Das sind jene scheußlichen Winter, in denen auch das Wild an Kälte und Futtermangel leidet. Eines kalten Morgens bin ich mit ein paar Fudern Heu aufgebrochen, um den Tieren im Wald so gut es ging zu helfen. Das war eigentlich nicht meine Aufgabe, aber es gab sonst niemanden, der sich darum gekümmert hätte. Und ich habe den Wald und die Tiere, die darin lebten, als etwas empfunden, das mir zur Obhut anvertraut war.

Wie auch sonst gewöhnlich bin ich neben dem Gleis zurück nach Hause gegangen. An einer Stelle habe ich menschliche Spuren erblickt, die waren nicht von einem Erwachsenen, ich kannte mich bei Spuren aus, die führten vom Gleis weg in die unendliche Weiße der Felder und Wälder in der Ferne. Dunkelheit brach herein, und wer auch immer das war, er hätte die frostige Kälte nicht überlebt. Ich bin den Spuren nachgegangen und habe bald darauf in der schon vom Abend verschatteten Ebene etwas wie einen dunklen Fleck erblickt. Das war ein Bub, nicht älter als sieben, acht Jahre, erbärmlich angezogen und schon blau vor Kälte. Als er mich sah, ist er stehen geblieben. Offensichtlich hatte er keine Kraft mehr, davonzulaufen, es war klar, dass er vor jemandem davonlief. Ich habe ihn in meine Arme genommen und nach Hause getragen, ich hatte keine andere Wahl.

Er zitterte in meinen Armen. Ich spürte seinen Herzschlag. Es war schon zu spät, um ihn zur Polizeistation zu bringen, und so habe ich das auf den nächsten Tag verschoben, wo es ohnedies am Dringendsten war, dass er sich am Ofen wärmen konnte. Seine Lippen sind blau angelaufen vor Kälte, da hab ich meine Pelzjacke um ihn gehüllt. Er hat mit kaum hörbarer Stimme von seinem Bruder gesprochen, geflüstert, dass er ohne ihn nirgendwohin geht. Aber ich schwöre, es gab keinerlei Spur von jenem zweiten Buben.

Ich watete durch den tiefen Schnee und beeilte mich, möglichst schnell nach Hause zu kommen. So also hat diese Geschichte angefangen, die mein Leben von Grund auf verändern sollte. Damals jedoch konnte ich das nicht ahnen. Und auch wenn ich durch irgendein Wunder etwas erahnt hätte, was hätte ich anderes tun sollen?

Ich trug den Kleinen ins Haus. Als Ingrid uns erblickte, ist sie für einen Augenblick erstarrt, so als ob sie ein Wunder erwartete, sie schaute mich an, so als ob ich unseren Hans zurückbringen würde. Ich erzählte ihr, wie ich den Buben im Schnee gefunden habe. Sie hat sich nur umgedreht und ist in ihr Zimmer gegangen. Der Bub schluchzte ohne Tränen. Ich habe ihn ausgezogen, einen Pyjama von Hans gefunden, ihn ins Bett gelegt und in eine Decke gewickelt. Ich war mir nicht sicher, ob er überleben würde, alles lag in Gottes Händen.

Als ich seine Sachen ordnete, habe ich eine in die Weste eingenähte Nachricht gefunden. Der Bub hieß Albert. Seine Mutter bat, dass man ihm helfe. Keine Ahnung, wie sie es geschafft hat, ihn aus dem Zug zu befördern. Solche Dinge sind vorgekommen. Mütter haben sich alles Mögliche einfallen lassen, um ihre Kinder zu retten. Es hat Fälle gegeben, wo bei der Fahrt über eine Brücke Kinder in den Fluss geworfen wurden. Oder am Ende der Fahrt im Bahngraben versteckt wurden. So hat man lebende und tote Kinder gefunden, und wenn eins überlebt hat, wurde es in die nächste Garnitur verfrachtet, die, wie man flüsterte, weit Richtung Norden gefahren ist, in die polnischen Lager.

Ich habe mein Nachtlager neben seinem Bett gerichtet. Gegen Mitternacht haben mich leise, kaum hörbare Schrittchen geweckt. Ich habe einen leichten Schlaf, das kleinste Geräusch weckt mich. Meine Ingrid ist zum Buben gegangen, der unruhig schlief und wirres Zeug sprach. Sie hob die Kerze in ihrer Hand und blickte im schwachen Schein ihrer Flamme lange auf das Kindergesicht. Minutenlang stand sie so da, ohne sich zu rühren. Ich hatte schon Angst, dass ihr nicht gut ist, wollte sie schon beim Namen rufen, aber genau da bewegt sie sich wieder langsam, dreht sich um und kehrt auf Zehenspitzen in ihr Zimmer zurück. Ich fiel in einen festen Schlaf, erschöpft von all dem, was sich ereignet hat. Als ich aufwachte, stand Ingrid wieder am Rand des Bettes mit dem Buben. Er atmete schwer, hatte glühende Wangen und zitterte. Offensichtlich hatte er hohes Fieber. Ingrid gab ihm feuchte Wickel auf die Stirn und rieb seinen Körper mit Schnaps ein. Draußen war dichtes Schneetreiben. Hatte ich auch die Absicht, an diesem Morgen den Buben auf die Polizeistation zu bringen, so musste ich es auf einen anderen Tag verschieben.

Überrascht hat mich die Veränderung in Ingrids Verhalten. Sie, die monatelang in tiefer Depression verharrt gewesen ist, erwachte mit einem Mal aus einem drückenden, quälenden Traum, aus ihrer Lethargie; sie, der schon seit langem an gar nichts mehr gelegen war, wurde jetzt erfüllt von Sorge um die Gesundheit dieses kleinen Ein-dringlings. Und ich habe ganz deutlich gehört, wie sie, zum ersten Mal seit dem Tod unseres Sohns, etwas gesagt hat. Freilich nur ein paar Worte, als sie den Buben gestreichelt und ihm die feuchten Wickel von der Stirn genommen hat. Sie sagte zärtlich zu ihm: »Hansi, mein Hansilein…« Vielleicht wäre es wohl da an der Zeit gewesen, alles zu beenden, mich einzumischen und aus Leibeskräften zu schreien, dass dieser Bub nicht Hans ist, er von wer weiß woher ist, aus wer weiß welcher Stadt oder welchem Dorf, er ein kleiner Jude ist, den ich durch ein Wunder gerettet habe. Aber nein, nichts dergleichen habe ich getan, im Gegenteil, ich habe alles getan, sie in dieser verrückten Überzeugung zu bestätigen, dass dieser ausgesetzte, herumirrende Knirps unser Hans sei. Ich habe es, Gott möge mir verzeihen und sich meiner erbarmen, in der Absicht getan, sie der Düsternis, in der sie lebte, zu entreißen, ihren Wahnsinn weniger schmerzhaft und ihre Illusion zur handfesten Wirklichkeit zu machen. Und als ich diesen kleinen Unglücksvogel ein wenig genauer betrachtete, wurde ich gewahr – ich weiß, was ich sag – dass er tatsächlich Hans ähnelt. Den, habe ich mir gesagt, den schickt eben Gott selbst, um Ingrid zu trösten und unser Leben erträglicher zu machen.

Über Wochen wussten wir nicht, ob der Knirps überleben würde. Er kämpfte mit seinen bösen Geistern, mit seinem Los. Tag und Nacht saß Ingrid an seinem Bett. Ich flehte zu Gott, dass er diesen Kleinen verschone, denn Ingrid hätte einen neuen Verlust nicht ertragen. Wir haben uns auf ein gefährliches Abenteuer eingelassen. Das Verstecken eines Juden, und wenn es ein ausgesetztes Findelkind war, halb erfroren im Schnee, wurde mit dem Tod bestraft. Doch damals habe ich daran nicht gedacht. Wie der Kleine sich erholte, begann auch der Schnee zu schmelzen, so als ob die Natur wiedererwachte mit seinem Wiedererwachen und Gesunden. Obwohl es erst Anfang März war, lag schon Frühlingsduft in der Luft. Damals ging der Bub das erste Mal vors Haus, in den Hof. Unser Haus lag auf einer Anhöhe, von wo aus man die ganze Gegend ringsum sehen konnte, das Städtchen im Tal, den Wald auf der anderen Seite des Flusses und die Bahn. Wir mussten gut aufpassen, dass er uns nicht ausreißt, einmal ging er übers Feld auf das Bahngleis zu, aber wir haben es noch rechtzeitig bemerkt und ihn zurückholen können. Ich habe versucht, ihm zu erklären, ohne dass Ingrid es hören konnte, dass seine Mutter wisse, wo er sei, und dass sie eines Tages ihn holen kommen würde. Aber bis dahin müsse er geduldig sein und warten. So verlor ich mich langsam immer tiefer in Lügen, Ingrid gegenüber und ihm gegenüber. Ich hatte keine andere Wahl. Als der Bub gesund wurde und das Gewand von Hans anzog, als Ingrid ihm das Haar so kämmte wie unserem Sohn, da war der Bub tatsächlich in allem Hans ähnlich. In allem, außer in seinem Verhalten. Er zeigte uns gegenüber keine Liebe und keine Beachtung, obwohl er von uns beides bekam. Im Hof ging er absichtlich durch den Dreck, um Hansis Gewand schmutzig zu machen, er schnitt sich mit der Schere die Haare, reagierte nicht auf den Namen Hans, und bei Tisch weigerte er sich, das Gebet vor der Mahlzeit zu sprechen. Wenn er sich so benahm, kamen Ingrid immer die Tränen. Sie hat im Buben ihren Sohn wiedererkannt, war aber betroffen und erschrocken wegen seines Widerstands, sie als die richtige Mutter anzunehmen. Ich habe mit dem Buben gesprochen, von Mann zu Mann, wie mit einem Erwachsenen, und ihm erklärt, dass wir nur sein Bestes wollten. Ja, es war eine sehr komplizierte, verworrene, triste Geschichte. Die Frau, für die ich eine auf Lügen gebaute Illusion geschaffen habe, hat mir geglaubt, dieser noch unverdorbene, unerfahrene, doch mit einer heranreifenden Persönlichkeit ausgestattete Bub aber ist auf den Betrug nicht eingegangen. Dennoch lebte ich in der – offensichtlich falschen – Überzeugung, dass ich ihn langsam soweit kriegen würde; ich glaubte fest daran – bis zu Hans' Geburtstag. Ich kann mich noch gut an jenen 5. April 1942 erinnern. Ingrid war sehr aufgeregt. Vom frühen Morgen an schaffte sie im Haus herum, hat eine Geburtstagstorte gebacken und sich festlich gekleidet. Sie sperrte die Tür zu Hans' Zimmer auf und führte das Judenkind hinein, den kleinen Albert. Sie zog die Vorhänge hoch, und Licht flutete ins Zimmer. Auf dem Boden, auf dem Bett, überall ringsum lagen die Sachen von Hans, so wie er sie hinterlassen hat. Ingrid führte den Buben hinein, ich stand an der Türschwelle und spürte in meinen Nasenlöchern den Geruch von abgestandener Luft, Staub und Moder. Ich ahnte das Unglück. Der Bub gewahrte an der Wand ein Bild von Hans, so als ob er sich selbst im Spiegel gesehen hätte. Gleich angezogen, gleich frisiert, das genaue Ebenbild von Hans. Da habe ich ganz klar begriffen, was ich bis dahin vielleicht nur geahnt hatte – dass wir aus ihm einen anderen machen wollten, jemanden, dessen Geist in diesem Zimmer noch lebendig war: einen Doppelgänger unseres vermissten Sohnes. Er sollte eigentlich nicht nur seinen Platz einnehmen, sondern voll und ganz jener andere werden. Und dann passierte das, was ich trotz allem nicht erwartet hatte. Es packte ihn Zorn und Hass. Er schlug auf die Sachen um ihn herum ein und begann, sich wie ein kleiner Wilder aufzuführen. Dann nahm er das Bild von der Wand, zerbrach den

Rahmen, warf es auf den Boden und trampelte wie von Sinnen auf den Scherben des zerbrochenen Glases herum. Keine Spur von Dankbarkeit für all das, was wir für ihn getan haben. Ingrid begriff nicht, was da vorging. Sie hat nur ihr Gesicht mit den Händen bedeckt. Das war ihr zu viel. Ich packte den Kleinen, recht grob, muss ich zugeben, denn jetzt ist in mir der Zorn hochgekommen, so als ob er schuld an Hans' Tod wäre und an Ingrids Leid. Der Bub wehrte sich so gut er konnte, ich habe ihn aber gebändigt, aus dem Zimmer verbracht, in die Abstellkammer gesteckt und ihn dort eingesperrt. »Du wirst mir da nicht herauskommen«, schrie ich, »bevor du dich nicht für das, was du getan hast, entschuldigt hast!«

Am meisten hat mich getroffen, dass sich Ingrid gegen mich gewandt hat. »Was tust du ihm da an?! Was tust du ihm da an?!«, schrie sie. Sie kam ganz nahe zu mir. In ihren Augen sah ich blanken Hass. Das hat mich fertig gemacht. Sie hat versucht, mich zu schlagen. Ich fasste ihre schwächlichen Arme und hatte keine Kraft mich zu rechtfertigen noch sie von irgendetwas zu überzeugen. Ein unbegreiflicher und unwiderstehlicher Wunsch nach Rache erfasste mich. Ich sperrte die Abstellkammer auf. »Du kleiner Drecksbub«, sagte ich zum Judenkind, »deine Eltern haben dich verlassen, für immer! Sie werden dich nie mehr holen kommen!« Noch als ich es sagte, habe ich es schon bereut. Aber einmal Gesagtes lässt sich nicht ungesagt machen. Es war mir klar, dass ich alles ruiniert habe, dass alles den Bach hinunter gegangen ist.

Ich ging in den Hof, setzte mich aufs Fahrrad und fuhr zur deutschen Kommandantur. Ich war entschlossen, den Buben anzuzeigen, zu beschreiben, wie ich ihn am Bahngleis gefunden und mich seiner erbarmt habe, aber schnell den

Fehler gesehen habe, als ich begriff, dass er ein jüdischen Ausreißer ist. Ich bin mehrmals ums Kommandantur-Gebäude gefahren. Ich schwöre, ich habe ihn nicht angezeigt. Ich hatte nicht die Kraft, so etwas zu tun. Dann bin ich ziellos weggefahren, auf einem kleinen Weg, der zum Wald führt. Nur möglichst weit weg von zu Hause. Unter einer großen Eiche bin ich stehen geblieben, habe das Rad zur Seite gelegt, mich ins Gras gesetzt und in den Himmel gestarrt. Am Himmel flog eine Schar Vögel, die Vögel tummelten sich in der Krone des großen Baumes. Alles war erfüllt von Leben, nur mir war zum Sterben. Die Sonne war im Sinken, als ich mich wieder aufs Rad setzte und nach Hause fuhr.

Krieg es Vorausahnung oder nicht – als ich mich unserem Haus näherte, ergriff mich immer stärker ein Gefühl von Unruhe, Angst und Reue.

Im Haus habe ich niemanden angetroffen. Weder den Buben noch Ingrid. Es hat mir das Herz zusammengeschnürt, die Panik hat mich wegen der Stille gepackt, die im Haus herrschte.

Ich bin durchs Esszimmer, das Schlafzimmer, die Nebenräume gegangen und dann beim Hintereingang, der zum Hof führt, hinaus. Dort, im Laubengang, war ein Strick um einen Oberbalken geschlungen, und an diesem Strick hing meine Ingrid.

Sie hat unseren Hans verloren, sie hat auch den kleinen starrköpfigen Albert verloren, und da konnte sie nicht mehr weiterleben.

Den Buben habe ich nie mehr wiedergesehen. Ich weiß nicht, was aus ihm geworden ist.

Ich habe ihn nicht bei der Kommandantur angezeigt, glauben Sie mir. Das ist meine ganze Geschichte.

Fünftes Kapitel

*In welchem Albert Weisz von einem unge-
wöhnlichen Buch erzählt. Und von einem in
diesem Buch beschriebenen Wunder.*

Zu einer meiner wenigen verbliebenen Vergnügungen
gehört das Stöbern in Buchgeschäften. Nicht in den großen, sondern in jenen kleinen, in denen es buntgemischt
alte und neue Bücher gibt. In einem solchen Buchgeschäft
ganz am Rande der Stadt lernte ich einen alten Buchhänd-
ler, einen Antiquar kennen, mit dem ich mich stundenlang
über Bücher unterhielt. Bei einem meiner Besuche zog er
aus einem ungeordneten Stapel Bücher auf dem Tisch eines hervor.

– Das habe ich heute bekommen, sagte er. – Wollen Sie
reinschauen?

Das Buch war gut erhalten. Und der Titel mehr als ungewöhnlich: »*Wunder, die in den Nazi-Lagern geschahen*«. Der Name des Autors sagte mir weiter nichts: Israel Spira, ein chassidischer Rabbi aus Blasow.

Ich nahm dieses Buch mit einer Vorahnung, dass es in
gewisser Weise eben für mich bestimmt ist. Ich glaube
nicht an den Zufall. Nichts auf dieser Welt geschieht zufällig.

Eine der Erzählungen des Rabbi handelte von einem
wundersamen Geschehnis in Auschwitz.

In seiner Beschreibung erkannte ich die Person meines
Vaters! Sein Name ist nirgends erwähnt, aber nach allem
zu schließen war das mein Vater! Ein durch und durch
Wundergläubiger, der unentwegt nach Auswegen in aus-
weglosen Situationen sucht.

Das Schicksal spielt oft mit dem Leben der Menschen, hält ungewöhnliche Begegnungen bereit, wundersame Geschehnisse und Situationen. So begab es sich, dass mein Vater im Lager Auschwitz den chassidischen Rabbi aus Blasow kennenlernte, den Rabbi Israel Spira. Noch so ein Sonderling, der an das Unmögliche glaubte.

Ein Wunder ist auch, dass ich auf ein Buchgeschäft gestoßen bin, in dem genau dieses Buch auftaucht, das durch wer weiß wie viele Hände gegangen ist, bevor es mich fand.

Die darin beschriebene Geschichte begab sich zu Hanukkah des Jahres 1942.

Ein Wunder in Auschwitz

An jenem Tag im Lager, über den der Rabbi schreibt, haben die SS-Leute wahllos Lagerinsassen ausgesondert, sie aus den Baracken geführt, mit Eisenstangen geschlagen und dann mit Revolverschüssen getötet. Das Massaker dauerte von morgens bis abends. Das Gelände um die Baracken herum war mit leblosen Körpern übersät.

Dieses grauenvolle Geschehen ereignete sich genau zu Hanukkah. Die Lagerinsassen, die das überlebt haben, kamen am Abend zusammen, um die Hanukkah-Kerzen zu entzünden. Anstelle von Kerzen gab es als Docht Fäden, die aus der Lagerkleidung gezogen wurden, und schwarze Schuhwichse als Öl. Der Rabbi aus Blasow sprach drei Segensgebete, in denen er dem König aller Himmel und Erden dafür dankte, dass er »es uns vergönnte, diese Zeit zu erleben«.

Als des Rabbis Stimme verstummte, ging mein Vater, der diesen qualvollen Tag voller Schmerz und Leid überlebt hatte, zu ihm. Er fragte ihn, wie er denn Gott danken könne an einem Tag mit so vielen Opfern. Habe etwa in Zeiten, in denen Millionen Unschuldiger leiden, der Glaube an Gott überhaupt noch einen Sinn?

In völligem Dunkel entzündete der Rabbi eine *Kerze* und sprach zum Vater, er solle sich auf die winzige Flamme konzentrieren, die vermittels der Kraft der Worte eine unerhörte Kraft und Macht erreichen werde. Im kabbalistischen *Buch des Glanzes*, dem berühmten *Zohar*, heißt es, dass es gelte, bei der Kontemplation der Flamme fünf Farben wahrzunehmen: weiß, gelb, rot, schwarz und himmelblau. Die Konzentration ist dann erreicht, wenn um das Dunkel ein himmelblaues Feld erscheint. Wie sehr sich das Dunkel auch ausbreiten mag, diese Farbe bleibt immer gleich. Das schönste Himmelblau, das man sich denken kann. Damit ist ein höherer Bewusstseinszustand erreicht, in dem die physikalischen Gesetze ihre Geltung verlieren, in dem man sich mit mehrfacher Lichtgeschwindigkeit bewegen kann und in dem Raum und Zeit nicht existieren. Alles ist vermischt, alles zugänglich: Vergangenheit, Gegenwart, Zukunft. Mit dem inneren Auge betritt man Welten, wo es vier oder fünf Dimensionen gibt. Das sind gefährliche Reisen, auf denen der Mensch ohne einen erfahrenen und verlässlichen Führer unwiederbringlich verloren gehen und verschlungen werden kann in den bodenlosen Abgründen von Raum und Zeit hienieden.

Der Rabbi fasste den Vater unter dem Arm. Er führte ihn zu der Grube, die voll war mit den Leichnamen derer, die heute hingemordet wurden. »Nicht wir sind in der Welt, die Welt ist in uns. Fassen Sie fest meinen Gürtel. Schließen Sie die Augen. Jetzt werden wir springen!«

Vater ergriff des Rabbis Mantelsaum und schloss die Augen. Und als er sie wieder öffnete, befand er sich gemeinsam mit dem Rabbi in wundersamen Gefilden, deren Aussehen nicht getreu beschrieben werden kann, denn es entspricht in nichts, was in der menschlichen Erfahrung existiert. Nach den Bezeugungen des Rabbi zeigte sich vor ihnen ein Berg, genauso wie von An-Ski im Drama *Zwischen zwei Welten* beschrieben: *ein hoher Berg, und auf dem Berg liegt ein großer Stein, und unter dem Stein sprudelt eine klare Quelle hervor.* Und gleichzeitig war Herzklopfen zu vernehmen, stark und tief, genauso wie vom berühmten Dramatiker beschrieben, *denn jedes Ding auf der Welt hat sein Herz und die ganze Welt hat ihr großes Herz…* Mit diesen Worten von Schlomo Seinwil Rapoport, wie der volle Name von An-Ski lautete, beschrieb der chassidische Rabbi aus Blasow jenen Zustand, in dem sie sich befanden, als sie ihr Ich ausgelöscht hatten. Später, viele Jahre später, schreibt der Rabbi, habe er auf einer seiner Reisen auf dieser Welt nahe der Stadt Lišný so einen Berg mit so einer Quelle entdeckt. Der Berg sei mit Wald bewachsen, und über einem tiefen Abgrund erhebe sich ein Fels. Aus der Tiefe dringe ein sonderbares Geräusch empor, ähnlich einem tiefen Herzschlag eines Menschen. Der Gipfel dieses Felsen heißt bis zum heutigen Tag Tisch des Rabbi Melek.

Was ist mit meinem Vater passiert? Rabbi Israel Spira hat darauf keine Antwort. Sie verloren einander aus den Augen, der Sturm der Zeiten trug sie auf unterschiedliche Seiten. Rabbi Israel Spira fand den Weg zurück in unsere Welt, aber mein Vater irrt womöglich noch immer durch die labyrinthischen Wege der vielen miteinander verwobenen Welten.

Sechstes Kapitel

*In welchem ein mysteriöser Vorfall beschrieben,
aber nicht im geringsten erklärt wird. Alles steht
in Zweifel, auch das Leben selbst.*

Es war zwei Uhr Nacht, als das Telefon klingelte.

– Albert Weisz?

Mit einer Hand hielt ich den Hörer, mit der anderen
wischte ich mir den Schweiß von der Stirn. Schon mehrmals hatte sich, immer zur gleichen nächtlichen Zeit, diese
raue Stimme gemeldet, die mir den Schauer über den
Rücken jagte.

– Ja, hier Weisz.

– Berti…- sagte der Unbekannte. So nannte mich meine
Mutter. Aber sonst schon lange niemand mehr.

– Wer sind Sie? Sagen Sie doch. Was wollen Sie?

Keine Antwort. Der am anderen Ende der Leitung
schwieg. Und dann brach er die Verbindung ab. Wie immer,
wenn man ihm eine Frage stellte.

Wer ist das, der mich schon lange nächtens so belästigt,
von wo ruft er an, wozu? Ich konnte mir das Gesicht des
Unbekannten nicht vorstellen. Wer verbirgt sich hinter
dieser kalten, metallenen Stimme, die etwas Unmensch-
liches an sich hat? Vielleicht kommt sie geradewegs aus
einem Grab. Warum auch nicht? Die Technik ist derart
fortgeschritten, alles ist möglich geworden. Derjenige, der
anruft, tut das sicher mit einem bestimmten Zweck. Oder
wird etwa auch dieser Anonyme von Schlaflosigkeit ge-
plagt? Aber das erklärt gar nichts. Es wäre wohl ziemlich
verrückt, wenn diese Anrufe mitten in der Nacht völlig
grundlos wären. Die Welt ist voll von Wahnsinnigen.
Gestörte Personen verfolgen ihre abartigen Ideen.

All diese Gedanken lassen mir keine Ruhe und bereiten mir Schlaflosigkeit. Ich gehe herum wie ein Schlafwandler, stelle Kaffee zu, und während ich warte, dass das Wasser aufkocht, gehe ich zum Fenster, durch die kaum geöffneten Vorhänge beobachte ich die leere Straße. Schon lange habe ich das Gefühl, verfolgt zu werden. Auf der anderen Straßenseite bemerke ich im Hauseingang den Schatten von jemandem, der herumspioniert. Er hat sich versteckt, aber der Schatten verrät ihn. Für wen arbeitet er? Vielleicht gehört er zu einer geheimen neonazistischen Organisation? Nicht genügend Beweise für die Polizei: so wie es unmöglich ist, diese raue Stimme am Telefon zu identifizieren, obwohl der, zu dem sie gehört, sich offensichtlich mit irgendeiner unklaren Absicht meldet, so ist dieser Herumspionierer bloß ein Schatten, oder besser gesagt der Schatten eines Schattens, unsichtbar, aber da. Auf der nächstgelegenen Polizeistation hat man mich angehört und ein Protokoll aufgenommen, aber diese Herrschaften haben meine Anzeige nicht ernst genommen. Für den Polizeibeamten ist das zweifellos eine lästige Routinesache, etwas, das täglich vorkommt mit so Leuten im hohen Alter, die alle möglichen Fantasien entwickeln.

Aber der Besuch bei der Polizei – deren Desinteresse hat mich dennoch erschüttert. Ich konnte beim Weggehen kaum die Tränen zurückhalten. Das Misstrauen des Polizeibeamten empfand ich als eine tiefe, echte Erniedrigung. Schon seit langer Zeit erlebe ich tagtäglich Erniedrigungen.

Ich hätte nicht überleben sollen. Darin liegt das Problem. Es war nicht vorgesehen, dass ich überlebe. Oft habe ich darüber mit Solomon gesprochen. Die Jahre und unsere Schicksale haben uns verbunden. Wissenschaftler gaben bekannt, dass sie ein als »Gottesteilchen« bekanntes neues Teilchen entdeckt haben. Die Ergebnisse dieser jahrzehntelangen »Jagd« auf das Teilchen, welches die Menschheit dem Verstehen des Entstehens des Universums näher bringen könnte, wurden auf einer Pressekonferenz präsentiert, die weltweit für große Aufmerksamkeit und Aufregung gesorgt hat. Und Solomon und ich, wir beide haben, jeder auf seine Weise, nach dem »Gottesteilchen des Bösen« gesucht.

Solomon Levi war einer meiner wenigen verbliebenen Freunde. Heute ist auch er nicht mehr. Solomons Tod war eine Warnung. Aber wen kümmert das schon? In den Zeitungen gab es eine winzige Notiz, dass ein seniler Greis wahrscheinlich aus Unachtsamkeit in seiner mit alten Zeitungen und Büchern vollgestopften Wohnung einen Brand verursacht habe. Für den schrecklichen Tod in den Flammen ist niemand schuld außer er selbst. Der Journalist, der am Schauplatz des Brandes war, beschrieb die geräumige Dreizimmerwohnung als eine wahre Rumpelkammer, von oben bis unten voll mit Altpapier, das der Greis wohl zum Weiterverkaufen gesammelt haben muss, und da habe ein weggeworfener Zigarettenstummel oder eine aus der Hand gefallene Zigarette den Brand mit den katastrophalen Folgen ausgelöst. Wie viel Unwahrheit in bloß ein paar Zeilen eines Zeitungsartikels. Solomon Levi war Nichtraucher, das wissen alle, die ihn gekannt haben, und das »Altpapier«, wie es der Journalist nennt, war ein wichtiger, ja der wichtigste Teil seiner Lebensaufgabe – die Sammlung von Texten über das vielfältige Antlitz des Bösen, vom Holocaust bis zu jenem alltäglichen in den Kriminalchroniken. Solomon Levi, meinen verstorbenen Freund und Gesprächspartner, könnte man als einen Forscher bezeichnen. Er war ein hervorragender und hingebungsvoller Archivar all dessen, was zum Thema des Bösen hervorgebracht worden ist. Er sammelte eine Dokumentation für ein umfangreiches Buch über die unterschiedlichsten Verhaltensweisen, hinter denen sich kriminelle Aggressivität verbarg, über die verschiedenen Manifestationen von Untaten und Irrsinn. Ich half ihm beim Sammeln und Ordnen des Materials. Jeden Tag haben wir uns getroffen und versucht, irgendeine Gesetzmäßigkeit auszumachen, die uns auf eine zu verfolgende Spur führen würde. Das war so etwas wie unsere Obsession. Tag für Tag geschahen Verbrechen, die in ihrer Monstrosität alles überstiegen, was sich ein normaler Mensch vorstellen kann.

Ein Sohn brachte seinen Vater im Schlaf um. Eine Mutter erstickte ihr Neugeborenes und warf es in den Müll. Einer hetzte seinen Bluthund auf den Nachbarn und warf dann die Leiche in einen Brunnen. Ein Betrunkener vergewaltigte einen neunzigjährigen Greis. In einem Anfall von Wahnsinn brachte einer die gesamte Familie um. Blutige Kämpfe zwischen Burschen, die höchstens fünfzehn Jahre alt sind. Diese Kämpfe werden von Psychopathen organisiert, die diese Kinder wie Hunde behandeln. Ein junger Mann gestand, dass er eben einen Mann umgebracht und dessen Blut getrunken hat. Ein Mörder, der Mexiko gegen Geld terrorisiert, das er von einem der lokalen Drogenkartelle bekommt, ist erst neunzehn Jahre alt und hat bis jetzt mehr als ein Dutzend Menschen auf brutale Weise umgebracht. Eine Polin stach mehr als hundertfünfzig Mal auf ihren siebenjährigen Sohn und ihr fünfjähriges Mädchen ein, »denn in die beiden ist das Böse gefahren«.

In nur ein paar Tagen gab es viele solcher Meldungen. Kein Wunder, dass Solomon über und über zu tun hatte mit Aufzeichnungen und mit dem Ausschneiden von Zeitungsartikeln. Aber all diese gewöhnlichen und doch bizarren Fälle werden erst richtig verstanden und gedeutet werden können, wenn wir auf mathematisch zuverlässige Weise entdecken, was ihnen allen gemeinsam ist und worin das eigentliche Wesen solcher Vorfälle liegt, wenn wir den eigentlichen »Kern des Bösen« entdecken, das Gottesteilchen, nach dem wir suchen.

An den Rand eines Textes über Kriegsverbrechen hat mein lieber Solomon die Dichterworte geschrieben, dass schon seit jeher *die Mörder jeglicher Nationalität einer Nation angehört haben, der Nation der Mörder*, und dass *die Kinder des Lichts und die Kinder der Finsternis schon überall fein säuberlich geschieden sind.*

* * *

Einige Tage nach dem Brand und der Beerdigung Solomon Levis auf dem jüdischen Friedhof beschloss ich, in die Wohnung meines unglücklich zu Tode gekommenen Freundes zu gehen. Ich hatte einen Schlüssel von Solomons Wohnung, so wie er einen von meiner hatte. Wir lebten beide allein, und wir hatten vereinbart, uns, wenn nötig, gegenseitig zu helfen. Nun ja, ich konnte trotz Schlüssels Solomon Levi nicht mehr zu Hilfe kommen.

Ich stieg leise zu Solomons Dachwohnung empor, fast auf Zehenspitzen, wie ein Einbrecher, der ich in Wirklichkeit auch war. Die Polizei hatte ein Zutrittsverbot angebracht. Im Gang lag Verbrennungsgeruch. Ringsum waren die Spuren des Brandes zu sehen.

Ich hatte das unwiderstehliche Bedürfnis, noch ein letztes Mal die Wohnung meines Freundes zu besuchen, in der wir viele lange Stunden mit uns beiden so wichtigen Gesprächen zugebracht hatten. Indes gehörte die Wohnung nicht mehr Solomon, und so kam ich mit Bangen, dass mich jemand anreden und fragen würde, mit welcher Absicht ich denn käme. Nur mit Mühe konnte ich die verzogene Holztür aufsperren und in den nicht mehr wiederzuerkennenden Raum gelangen. Überall nur mehr schwarze, verkohlte Balken und verstreute Teile von halbverbrannten Möbeln. Da gab es nichts mehr Erinnerungswertes. Bloß Überreste einer menschlichen Behausung und Spuren eines einstigen Lebens. Es verblieb, wie durch ein Wunder, ein Haufen Papier mit Solomons Handschrift. Alles verschlangen die Flammen, alles, bis auf einen Stapel Papier. Mir fiel der bekannte Satz ein, wonach es heißt, dass Handschriften nicht brennen. Stammt er vom Teufel selbst, oder von jemandem, der ihm nahe ist? Das ist alles, was von unserer Freundschaft blieb. Ich hatte das Recht, mir zu nehmen, was der Vernichtung entronnen war. Aber sobald ich die Blätter berührte, zerfielen sie zu Staub und Asche. Wenn in diesen Schriften das nicht enträtselte Geheimnis vom Ursprung des Bösen verborgen lag, so ist es jetzt vom Feuer vernichtet, verloren ist all unsere Mühe und die Hoffnung, irgendeine Spur zu finden.

Ich beeilte mich, möglichst schnell wieder wegzukommen von dem Ort, an dem mein Freund so tragisch umgekommen ist. Ich konnte mich nicht des unguten Gefühls erwehren, unter der ständigen Beobachtung eines alles sehenden Auges zu sein. Ist es das Auge der nämlichen Person, die mich in den tiefen Nachstunden verfolgte, war das die Ursache meiner langen und quälenden Schlaflosigkeit?

Der Abend brach herein. Die Straßenbeleuchtung ging an. Alles bekam seinen Schatten. Die Bäume, die Häuser, die spärlichen Passanten. Und mein Schatten begleitete mich, Angst begleitete mich, etwas sprach aus dem Dunkel: »Lauf, so weit du magst, entkommen kannst du nicht!«

Siebentes Kapitel

Noch einer der »Unseren« ist gegangen. Wer sind die »Unseren«? Die letzten der Gerechten. Die Gerechten bewahren diese Welt vor dem Zusammenbruch. Solomon Levi, Mischa Wolf, Uriel Kohn und ich, Albert Weisz, der Verfasser dieses Tagebuchs. Die Zahl vier hält die Welt zusammen. Die Vier ist eine wichtige Zahl. Solomon hat immer wieder auf die Bedeutsamkeit der Zahl vier hingewiesen. Der Name Gott hat vier Buchstaben, die vier Himmelsrichtungen, die vier Jahreszeiten…Irgendwo hat er gefunden, dass das Wort *shi* im Japanischen »vier« und »Tod« bedeutet und dass die Japaner sehr darauf bedacht sind, es nicht auszusprechen. Er spann daraus eine ganze Geschichte, die Chestertons Geschichten von Pater Brown würdig gewesen wäre. Die Zahl, die uns alle verbindet und in deren geheimnisvoller und verborgener Bedeutung der Tod selbst verborgen ist. War das eine Prophezeiung, eine Ahnung oder bloß Zufall? Mischa Wolf glaubt nicht an Zufall. »Alles ist miteinander verbunden«, sagt er. »In Zeit und Raum. Alle Schicksale sind miteinander verwoben. Alles ist in einem, das Eine ist in allem.«

In der letzten Zeit hat sich Solomon sehr schlecht gefühlt. Etwas hat ihn in Schrecken versetzt, eine überraschende Erkenntnis, aber er hat sich hartnäckig geweigert, darüber zu sprechen. Etwas hat ihn verfolgt. Aber wen von uns aus der letzten Generation der Überlebenden haben nicht schwere Gedanken und schlechte Träume verfolgt? Auch ich hatte meine Albträume, meinen unablässigen, obsessiven Traum, doch das behielt ich ganz und gar für mich.

Nein, ich hatte keine Erklärung für seine immer düsterer werdende Stimmung. Es gab wohl einige Anzeichen für etwas, das Solomon sichtlich beunruhigte, aber ich maß dem keine Bedeutung bei. Auf das Eingangstor zu seinem Wohnhaus hatte jemand eines Morgens ein sonderbares Symbol gesprayt, wie ich es bis dahin noch nie gesehen habe. Ich für meinen Teil hätte dem keinerlei Aufmerksamkeit geschenkt, wenn es nicht zu übersehen gewesen wäre, wie ernst Solomon das nahm. Er murmelte etwas von »urzeitlichem Bösen«, irgendeinen undeutlichen Satz. Auf meine Frage antwortete er nicht, er winkte nur mit der Hand ab. An all das habe ich mich später, nach der Beerdigung auf dem jüdischen Friedhof, erinnert. Als ich sein Grab besuchte, um dem Freund zu bezeugen, dass er auch im Tod nicht alleine ist, bemerkte ich, dass jemand aus sorgsam ausgewählten, regelmäßigen Kieselsteinen genau das gleiche Symbol geformt hatte.

Ich blättere in den Seiten meines Tagebuchs, in dem Heft, in das ich manchmal Eintragungen machte, wenn mich etwas ratlos machte, ängstigte, wenn mir meine Einsamkeit nachgerade körperliche Schmerzen bereitete…

Wozu all das Leiden, wenn sich am Ende herausstellt, dass es keinerlei Sinn hatte? Seit ich von mir selber weiß, seit ich ein bewusstes Wesen bin, quält mich das Gefühl der Schuld am Verrat an meinem Vater und meiner Mutter, die abgeführt worden und qualvoll in den Lagern umgekommen sind. Ich hatte versprochen, auf meinen kleinen Bruder Elijah aufzupassen, doch ich konnte ihn nicht retten. Weshalb habe ich dann überlebt? Woran kann man noch glauben, an den Glauben, die Menschen, wenn sich jeglicher Erklärung der Sinn entzieht?

Die Rache kam in der darauffolgenden Nacht, als ich schweißnass wurde, während ich im Traum vor einem Exekutionskommando stand. Die Soldaten, deren Physiognomie ich nicht deutlich erkennen konnte und die Uniformen trugen, welche nur in ein paar Details wie Naziuniformen aussahen, bereiteten sich auf die Erledigung ihres Auftrags vor. Auf das Kommando hin bringen sie die Gewehre in Anschlag, es folgt ein Augenblick fürchterlicher Anspannung und Stille…und dann erwache ich, starre stumpf auf die Zimmerdecke, über die Schatten huschen, währenddessen mir gegen meinen Willen die Augen wieder zufallen und ich in den gleichen Traum falle, der sich bis zum Morgen wie auf einer Endlosschleife wiederholt.

Diese Albträume waren der Anlass dafür, dass ich Emil Neufeld besuchte, ein Ehrenmitglied der internationalen Psychoanalytiker-Vereinigung. Er gehört zur ältesten Generation von Überlebenden. Er spricht nicht gern von sich und von seiner familiären Vergangenheit. Er sagte, dass er Atheist sei, obwohl es, fügte er hinzu, Atheisten eigentlich gar nicht gebe. Er habe nur den Glauben verloren. Gleichzeitig war er stolz darauf, ein konsequenter Schüler Freuds zu sein. Freud betonte ebenfalls seinen Atheismus, aber die ganze Entdeckung des Unbewussten, das geheime Lesen in der menschlichen Seele beruhte, wie Freud nur in gutgelaunten Momenten zugab, auf den Lehren der alten Kabbala über die Vielschichtigkeit von Texten. Die erste Lesart, die erste Schicht eines Textes verbirgt jene übrigen Schichten, die richtigen und komplizierten Deutungen. Es gibt nichts Offensichtlicheres als diese einfache Erklärung, wie sehr Wissenschaft und Mystik miteinander verbunden sind. So ist auch der alte

Emil, dieser Schluss kann gezogen werden, ein Atheist, der die mystische Kabbala ablehnt, aber ihre Lehren anwendet.

Wenn ich zu Besuch kam, traf ich Emil für gewöhnlich in seinen bequemen altmodischen Fauteuil versunken an, der Teil der verlorenen und wiedergefundenen Familienmöbel war, wie er mir einmal erzählt hatte. Und die Dinge haben oft, wie Menschen, ihre bemerkenswerte, ja ihre tragische Geschichte. Emil Neufeld hatte seine eigenen Theorien von allem, von Anfang und Ende der Welt, der Bedeutung des Schicksals, dem schwierigen Verhältnis der Geschlechter, der Möglichkeit letzter Erkenntnis, ja auch von der Heilung von Schnupfen und Rheuma. Am wenigsten sprach er über die Depression, denn es sei, wie er einmal sagte, sinnlos über Störungen des psychischen Lebens zu sprechen, die hauptsächlich organische Ursachen haben. Depression und Melancholie seien, so behauptete er, Schwestern der Euphorie und des übertriebenen Optimismus, und es sei bekannt, dass Extreme sich berühren. Zwischen diesen beiden Gefühlen verlaufe das menschliche Leben, und die gesamte menschliche Kultur und Zivilisation gehe aus dem Zusammenprall dieser Extreme hervor.

Gerade deshalb ging ich gern zu diesem Alten, weil er für alles eine einfache Erklärung hatte.

– Das, was einer heute ist und die Rolle, die er spielt, wird ihm schon in der Kindheit gegeben, und mit dem muss man sich abfinden. Da gibt es keine wesentlichen Veränderungen im Lauf des Lebens. Ich rate allen meinen Freunden, ihre Krankheiten wie einen Teil ihrer selbst anzunehmen, wie einen Bestandteil ihres Charakters, ihrer Mentalität, ihrer physischen Veranlagung, ja, kurz gesagt, ihres Schicksals, sich mit diesen angeblichen »Krankheiten« anzufreunden und mit ihnen in aufrichtiger und vernünftiger Koexistenz zu leben.

Emil Neufeld ähnelte mitunter einem alten Clown. Seine greisen Wangen waren gepudert, die Nase groß und wie künstlich in die Mitte des Gesichts gesetzt, die Augen hell und leicht traurig. Über wen machte sich dieser alte Clown lustig? Über nichts anderes als über das Leben selbst.

Er war nicht besonders überrascht, als er vom Tod Solomon Levis erfuhr. Damit jemand bewusst den genauen Zeitpunkt seines Todes bestimmt, bedarf es der Geistesschärfe, Gelassenheit und vor allem der Disziplin. Des eigenen Lebens zu entsagen ist an sich weder ein Akt der Feigheit noch des Pessimismus. Solomon Levi war ein Mensch, der ein bestimmtes Geheimnis für sich wahrte. In der letzten Zeit stürzte er phasenweise in eine schwere Depression, die den Menschen von innen zerstört, jener fürchterliche »Sturm der Finsternis« bewirkt, dass man bereit wird, Hand an sich zu legen. Es ist richtige Tapferkeit zu wissen, wann die Zeit gekommen ist, edelmütig das unerbittliche Ende anzunehmen und sich freiwillig in die Arme des Todes zu begeben. Es ist ein Akt der Entsagung, Entsagung vom Leben, von der Welt, von sich selbst. Es ist ein Entschluss, den jeder für sich selbst fassen muss, wie auch der freiwillige Tod, der Tod von eigener Hand etwas zutiefst Persönliches ist. *Der Mensch kann Leiden ertragen, aber es ist schwer, die Sinnlosigkeit des Leidens zu ertragen*, schreibt der Russe Berdjajew. *Die Psychologie des Selbstmordes ist die Psychologie des Eingeschlossenseins in sich selbst*. Es ist das Betreten dunkler Gefilde, aus denen es keine Rückkehr gibt.

Bei den Griechen und Römern und bei den orientalischen Völkern ist der Selbstmord unter gewissen Umständen eine höchste Achtung verdienende Tat. Im *Talmud* ist der Selbstmord nirgends ausdrücklich verboten. Der berühmte Massenselbstmord der Verteidiger von Masada (um nicht in Sklaverei zu fallen), der verzweifelte Sturz in die Flammen und die Selbstverbrennung der Zeloten nach der zweiten Zerstörung des Tempels, oder der Massenselbstmord zehn Jahrhunderte Später in York – um der Christianisierung zu entgehen – werden durch die Geschichte hindurch gefeiert und geehrt, und die, welche es taten, gelten als »heilige Märtyrer«, obwohl die Post-Talmudisten und mit ihnen die christlichen Autoritäten behauptet haben, dass der Selbstmord eine größere Sünde als der Mord sei, denn damit würde der Lehre von »Belohnung und Bestrafung« in der künftigen Welt widersprochen und die Unantastbarkeit Gottes verletzt.

So wie Solomon Levi gehandelt hat – da stimmte ich mit dem alten Neufeld überein – passte es zur Konsequenz und Tapferkeit unseres Freundes. Er trotzte dem Leben, das seinen Sinn verloren hatte. Gewiss spürte er in den letzten bewussten Augenblicken, unmittelbar vor dem Ende, dass er keine Wahl mehr hatte und tun musste, was er tat.

Und dennoch würde ich ihn, wenn es möglich wäre, gerne fragen, ob er tatsächlich keine Wahl mehr hatte.

Zeitungsmeldung

Anna Feriha Santos brachte ein Kind zur Welt, das
schon nach vier Wochen gehen konnte; es stößt
furchterregende Laute aus und speit Feuer.

BOGOTA – *blanker Horror*

Die Kolumbianerin Anna Feriha Santos (28) aus der Stadt
Lorica in der Nähe der karibischen Küste gebar einen
Bub-Teufel, der schon nach vier Wochen gehen konnte,
furchterregende Laute ausstößt und in der Lage ist, Feuer
zu produzieren. Ihren Worten zufolge hat sich das Mutter-
glück nach der Geburt des Kleinen sehr schnell in große
Angst gewandelt, denn sie argwöhnte nach einiger Zeit,
dass sich hinter dem Kindergesicht der Antichrist selbst
verberge.

Annas Baby flößt mit seinem Verhalten und seinem
Aussehen der ganzen Familie Angst ein. Der Kleine stand
sehr schnell aus seinem Bettchen auf und begann, sich
ohne Hilfe im Haus herumzubewegen und zu verschwin-
den. Er hat die Angewohnheit, sich zu verstecken und auf
einmal hervorzuspringen – mit seinem bösen Blick und
seiner fürchterlichen Stimme versetzt er dann alle in
Schrecken.

– Er geht wie ein Erwachsener, und oft kriecht er unters
Bett, versteckt sich in Koffern, in der Waschmaschine oder
im Kühlschrank, als ob er mich absichtlich erschrecken
wollte. Das kann ich nicht kontrollieren, sagte die un-
glückliche Anna in einer Sendung einer kolumbianischen
Radiostation.

Die Nachbarn fürchten auch um ihre Sicherheit, denn das Kind, so behaupten sie, sei von einem bösen Dämon besessen, weshalb es in der Lage sei, Feuer zu produzieren.

– Auf seinen Kleidern habe ich verbrannte Stellen gesehen, und wir haben gehört, dass auch da, wo es am häufigsten sitzt, eine Brandspur ist. Auch hat das Kind auf den Handflächen Verbrennungen, vom Feuer, das es ausstößt, sagte ein entsetzter Nachbar.

Aus Furcht, der Antichrist aus der Nachbarschaft werde ihnen und ihren Familien Böses zufügen, sind die Nachbarn mehrmals auf Anna und ihren Ehemann Oscar Palencio Lopez losgegangen, haben ihr Haus mit Steinen beworfen und versucht sie zu zwingen, Lorica zu verlassen und ihren Bub-Teufel so weit wie möglich wegzubringen.

Ärzte leiten Untersuchung ein

Die kolumbianische Polizei und die katholische Kirche wollten nichts davon wissen, dass bei dem Neugeborenen von Anna Santos und Oscar Lopez Schwarze Magie mit im Spiel sei, aber die Ärzte beschlossen dennoch zu untersuchen und festzustellen, wie das Kind schon einige Wochen nach der Geburt solche Fähigkeiten zeigen konnte. Auch ein aus Psychologen, Sozialarbeitern, Ernährungswissenschaftlern und Anwälten bestehendes Team wird den ungewöhnlichen Fall untersuchen, und es gab Kommentare, dass das Kind tatsächlich gewisse Anzeichen von Teufelsbesessenheit gezeigt habe.

Achtes Kapitel

In welchem wir erfahren, wie das Böse im Menschen west, obwohl es nicht menschlichen Ursprungs ist.

Was ist das für ein Wunder in mir, für ein Ungeheuer, und woher kommt es?

HL. AUGUSTINUS

Oft sprach ich mit Mischa Wolf über Dämonologie und den Einfluss äußerer Kräfte auf das menschliche Verhalten. Mischa Wolf hegt eine tiefe Verachtung für das Übernatürliche. Vergeblich versuche ich ihn zu überzeugen, dass wir, wenn wir gewisse Phänomene in der Psychiatrie und Psychopathologie erklären wollen, herkömmliche Deutungspfade verlassen und uns auf Gebiete bewegen müssen, die bis jetzt für die Wissenschaft und die Psychiatrie tabu waren. Ich fühle mich nicht dazu berufen, mit Popen Gespräche über mystische Elemente in der christlichen, islamischen und jüdischen Religion zu führen. Mystik ist Vertiefung des Glaubens. Es gab sie in der Vergangenheit und es gibt noch heute Mystiker, die geheilt haben, und sie haben manche von den schwersten Traumata und psychischen Störungen geheilt. Natürlich muss man vor Schwindel auf der Hut sein. Scharlatane gibt es viele, auf verschiedenen Seiten. Ich bat Mischa, mit mir einen Besuch abzustatten. Wegen der Ungewöhnlichkeit dieses Besuchs zeichne ich die wichtigsten Details auf.

Ich habe schon früher von diesem Fall gehört, und es wurde auch darüber geschrieben, sensationslüstern natürlich. Es geht um einen fünfjährigen Buben, der wie ein Greis aussieht.

Ich sah mir die Krankengeschichte dieses Buben durch. Es stand, dass er an einem *schweren Mangel an Schilddrüsenhormonen erkrankt ist. Wegen dieser Hypothyreose entwickelt er sich körperlich nicht, aber psychisch zeigt er eine ungewöhnliche Begabung für ein außergewöhnliches Gedächtnis und zweifelsfreie Intelligenz bei gleichzeitigem Fehlen echter Kommunikation und Sozialisierung.*

M.N. und sein Sohn leben in einem bescheidenen Haus unweit der Donau, doch keineswegs in Armut. Es hieß, der Bub sei ein »Wunderkind«, hellseherisch, mit prophetischen Gaben. Der Vater weiß das zu nützen, er verlangt Geld für Treffen und Gespräche mit dem Fünfjährigen. Der Bub spricht ein ungewöhnliches Mischmasch – er murmelt, bringt unverständliche Worte hervor und stößt Schreie aus, die mehr an ein Tier als einen Menschen erinnern; M.N. übersetzt, was der Bub »sagt«. Bei den Nachbarn ruft dieses kleine Monstrum Angst hervor. Einer von ihnen hat den Fall bei der Polizei angezeigt. Es kamen zwei Polizisten in dienstlichem Auftrag. Ich habe mir auch ihren Bericht angesehen. Da gab es einige Verwirrung, weil sie das, was sie sahen, nicht zu beurteilen imstande waren. Sie überlassen den Fall der Kirche und den Ärzten. Offensichtlich hat der Bub sie fasziniert und geschreckt. Sie nannten das »Teufelswerk«, und damit hatte es sich.

M.N. willigte unter gewissen Voraussetzungen in ein Treffen ein. Er verlangte, dass anständig dafür gezahlt wird und es unter uns bleibt. Ich akzeptierte beide Bedingungen, und so kam es zu der Begegnung, deren Inhalt ich hier wiedergebe.

Betreff: Kind-Teufel
Datum: Dienstag, 17. Juli 2012; 15.37

»Schon immer wollte ich einen Sohn haben. Meiner Anna war es egal, ob wir einen Buben oder ein Mädchen bekommen würden. Und als wir eines Tages erfuhren, dass wir Eltern werden, waren wir außer uns vor Glück.

Wir haben mit ihm geredet, als es noch im Bauch war. Als Anna das erste Mal spürte, dass es sich bewegt und lebt, hörte sie auch seine Stimme. Ich legte mein Ohr an ihren Bauch, und auch ich hörte diese Stimme. Es war die Stimme eines Erwachsenen, derb, rau, was sonderbar war, aber es war unser Kind, und alles, was zu ihm gehörte, gehörte auch zu uns. Wir sind nicht erschrocken.

Worüber haben wir geredet? Eigentlich hat er geredet, und wir haben kaum etwas verstanden von all diesem Gebrabbel. Er erwähnte Orte, von denen wir nicht einmal wussten, dass es sie gab, solche Namen, Gott behüte, sonderbare, fremde Namen. Wir haben uns nur gefragt, woher dieses ungeborene Kindchen das alles weiß, wer es ihm beigebracht hat, denn wir waren es sicher nicht.

Meine Anna starb bei der Geburt. Er nahm ihr das Leben. Ich bin sicher, das war der Preis für seine Geburt.

Vom ersten Tag an sah er nicht aus wie andere Kinder. Er hatte ein Greisengesicht, die Augen lagen tief in ihren Höhlen, der Schädel eines Greises. Ein Kind-Greis.

Er hat die Angewohnheit, sich zu verstecken und auf einmal hervorzuspringen – mit seinem bösen Blick und seiner fürchterlichen Stimme versetzt er dann alle in Entsetzen.

Sie können jetzt mit ihm sprechen.«

Antonios Erzählung, so wie sie M.N. übersetzt hat:

»Ich weiß nicht, wie ich in den Kerker eines menschlichen Leibes geraten bin. Jemand hat mich hineingeworfen, und dann war ich da. Aber nicht allein. Da war auch der Embryo eines kleinen Lebewesens, zunächst so gut wie formlos, und dann nahm er langsam menschliche Formen an. Ich benutzte dieses kleine Geschöpf und schlüpfte in sein Körperchen.

Auf welche Weise hätte ich irgendjemandem erklären können, wie sehr wir beide uns in allem unterscheiden und dass wir nebeneinander nicht existieren können. Ich bin viele Jahre alt, und er ist erst auf diese Welt gekommen. Unselig ist der Umstand, dass ich mit der Außenwelt nur durch ihn kommunizieren konnte. Im Grunde bin ich kein menschliches Wesen, sondern eine ganz andere Art von Existenz, vielschichtig, übermächtig, unberechenbar. Ich stoße auf Abscheu, denn es ist nach der Logik des normalen Menschenverstandes schwer begreiflich, dass es mich gibt. Ich verschlang meinen kleinen Doppelgänger, überwältigte und vernichtete ihn. Als ich seine Stimme bekam, wurde er überflüssig und abgestoßen wie eine Schale.

Der menschliche Körper, den ich trage, spiegelt nicht meine wirkliche Person wieder, das habe ich zunächst nur geahnt und gespürt, später wusste ich es auch. Mehrmals habe ich mir mit meiner prophetischen Gabe eine ungewöhnliche schlangenartige Kreatur vorgestellt, die mir etwas über mein wirkliches Aussehen zuraunt. Schließlich vermochte ich mit meinem inneren Auge zu schauen und zu entdecken, wer ich bin. Ich sah mich als einen mythologischen Katoblepas, zusammengekauert im letzten Winkel seines menschlichen Unterschlupfs, ein Wesen mit weit aufgesperrtem Maul, das sich selbst auffrisst, und dessen Atem jemanden in Stein, in irgendein anderes Wesen verwandeln oder ihn töten kann. Ich nehme die Gestalt dessen an, den ich getötet habe. Ich bin jener Bub, den Sie sehen, gleichzeitig aber auch nicht. Dieses innerliche Auffressen, das im Gang ist, wird dauern, bis ich nicht mich selbst ganz und gar verschlungen haben werde. Bis ich mich nicht mit Geist und Körper ins Nichts verwandelt haben werde. Und das Nichts ist der Urbeginn von allem.«

Wie hypnotisiert und mit halbgeöffneten Augen übersetzte M.N. Antonios verworrene Worte, er sprach schnell, ohne zu stottern und stocken, als ob er diese Geschichte schon oft gehört hätte. Gleichzeitig steigerte sich das Gemurmel des Buben bisweilen zu einem für das menschliche Ohr schier unerträglichen Schreien. M.N. beruhigte den Buben und streichelte sanft über seinen Kopf, auf dem kein einziges Haar war.

Als diese Tirade zu Ende war, gingen wir zum zweiten Teil des Besuchs über.

Ich stellte ihm eine Frage über Elijah. Was ist mit meinem kleinen Bruder passiert? Kann Antonio, der nach den Behauptungen seines Vaters ebenso gut in die Zukunft wie die Vergangenheit schauen kann, diese Frage beantworten? M.N. schaute mich mit weit aufgerissenen Augen an, ich hatte ihm im Vorhinein nicht gesagt, was ich dieses angeblich allsehende Geschöpf fragen würde. Als ich M.N. zwei große Geldscheine in die Hand drückte, fasst er sich wieder und wiederholt in einer nur für ihn und seinen Buben verständlichen Sprache meine Frage.

Statt irgendeine Antwort zu geben, beginnt Antonio sich herumzuwälzen, weißer Schaum tritt aus seinem

Mund, mit seinen Händchen bedeckt er sein hässliches Greisengesicht.

Und dieses kleine Geschöpf, ich weiß nicht, wie ich es anders nennen soll, richtet sich auf und hüpft in einem eigenartigen Rhythmus auf seinen dünnen Beinchen, die es kaum tragen, und dann kreischt es auf und beginnt zu unserer Überraschung deutlich eine Reihe von Namen auszusprechen, ich nehme an, Namen irgendwelcher orientalischer Dämone.

– Gala, Maxim, Ischtar, Tifon, Asmodeus, Azazel, Behemoth, Leviathan, Samael, Lilith, Iblis…

Während sie mit heiserer, männlicher Stimme lachte, drehte sich diese Zwergengestalt im Rhythmus einer nur ihr bekannten Melodie. Der Vater, wollen wir ihn Vater nennen, saß in einer Ecke des Zimmers und folgte den Bewegungen des Buben, wobei er kaum merklich die Lippen bewegte. Diese Aufzählung, die sich wiederholte, war die Antwort, eine Antwort, die keinerlei Sinn ergab. Dann, auf einmal, beruhigt sich der Bub, hält inne, nur die Augen haben in diesem hässlichen, früh gealterten Gesicht ihre Farbe geändert. Sie sind grün geworden und leuchteten mit einem unheilvollen Licht.

– Ein bleicher, durchsichtiger Bub reitet auf einem weißen Pferd mit einem Hundekopf, in bleichem und kaltem Mondlicht…der kleine Reiter ist voller Angst und Panik, alleine auf dem Rücken des Tiers, dessen er nicht Herr ist und das ihn wer weiß wohin trägt…

Mischa Wolf verlor die Geduld. Noch während die Séance andauerte, schüttelte er den Kopf, runzelte die Stirn, rutschte hin und her, nahm die Brille ab und wischte sie mit einem Wildledertüchlein, das er in der Geldtasche trug.

Das war ihm jetzt anscheinend zu viel.

Er wandte sich an M.N.

– Mir können Sie nicht so leicht etwas vorschwindeln. Ich kenne den Trick mit dem Bauchreden gut. Früher als Kind hat mich so ein Trick gefesselt. Aber ich bin kein Kind mehr. Noch ist es der Herr neben mir. Ich habe mir Ihren Buben angeschaut. Er leidet an der seltenen Krankheit der Progerie. Das ist die Krankheit beschleunigten Alterns. Es ist schlimm, dass Sie die Tragödie des Buben ausnützen. Ich frage mich, ob Sie überhaupt sein Vater sind. Sie nützen seine verzweifelte Situation aus, seine Krankheit, und verdienen daran. Bauchreden ist ein billiger Trick, mein Herr.

M.N. antwortete nicht sofort. Seine Wangen erröteten, die Augen funkelten, Zorn staute sich in ihm auf, der mit einem Mal mit Riesenstärke aufwallte.

– Sie glauben nicht! Glauben etwa nicht! Wollen Sie damit sagen, dass mein Sohn und ich gemeine Betrüger sind?

Er wandte sich dem Buben zu, der in eine Art Halbschlaf gefallen war und weiter hin- und her wackelte.

– Hörst du, mein Sohn? Er glaubt uns nicht!

Er klatschte in die Hände. Der Bub schrie laut und so kräftig auf, dass ich mir die Ohren zuhalten musste. Die Tür zum Nachbarzimmer ging auf, und aus ihm kam eine Unmenge von Insekten geschwärmt, die unter seltsamen Lauten um uns herumflogen und –krochen, und nach ihnen ergoss sich eine Vielzahl von Ratten, Eidechsen, Schlangen und verschiedenen Skorpionen ins Zimmer.

Ein allgemeines Geschrei und Gekreisch hob an.

– Los, weg von hier, sofort!

Wir stürzten aus dem Haus, ohne uns umzudrehen. Als wir weit genug weg und schon außer Atem waren, setzten wir uns auf eine Bank neben dem Fluss um zu verschnaufen.

– Sehen Sie, was Suggestion und Hypnose alles zu bewirken vermögen? – sagte Mischa Wolf, während er sich den Schweiß von der Stirn wischte. – Dieser alte Bock kennt viele Tricks. Zuerst Bauchreden, dann Hypnose.

– Sie glauben wirklich, dass da nichts Dämonisches dabei war? – fragte ich ihn, schon ganz am Ende meiner Kräfte.

– Nichts, gar nichts, glauben Sie – winkte er mit der Hand ab. – Alles bloß Tricks. Die Leute kann man leicht anschwindeln. Es gibt viele Manien, mein Lieber. Kartenmanie, Doromanie, Gamomanie, Onomatomanie, Klinomanie, Enosimanie, Trichotillomanie, Abulomanie … Interessiert es Sie, was das alles bedeutet? – fragt Mischa. Ich winkte ab.

– Und das, was wir gesehen haben, setzte Mischa ohne auf meine Geste zu achten fort, das ist Dämonomanie, der Glauben, dass ein böser Geist in den Körper gefahren sei. Ich muss zugeben, der Kleine wirkt furchteinflößend. Aber auch er ist nur ein Kind, das von der Natur bestraft ist, und dieser Mensch, der sich als sein Vater ausgibt, ist ein gefährlicher Scharlatan – er blickte mich an und runzelte die Stirn.

– Ich habe Sie die ganze Zeit angeschaut. Es schien mir, dass sie sich erschreckt haben. Sie haben es geglaubt, oder?

Wir blieben noch ein wenig auf der Bank sitzen, dann gingen wir Richtung Stadt. Alle zehn Schritte drehte ich mich um, um zu schauen, ob uns jemand verfolgt.

Von allem, was Mischa Wolf gesagt hat, sind mir nur die beiden Worte »alter Bock« im Kopf herumgegangen. Ist ihm das zufällig herausgeschlüpft oder hat er M.N. bewusst so genannt. Es ist ja bekannt, dass man für den Fürst der Finsternis diesen Spottnamen verwendet.

Neuntes Kapitel

Konferenz in New York. Schilderungen von
verlorenen und verlassenen Kindern.

Ja, »Sturm der Finsternis«. Ein Zustand gefährlicher
Depression. Gehen wir um etliche Jahre zurück, als sich
Albert Weisz, Uriel Kohn und Mischa Wolf kennenlernten.
Gemeinsam mit noch einem Dutzend Reisender aus Jugoslawien kamen sie am New Yorker Flughafen *LaGuardia*
an. Sie wurden von Vertretern amerikanischer Juden, den
Organisatoren der Konferenz, abgeholt. Am Samstag
sollte in Manhattan, im Hotel Marriott, in dem sie abge-
stiegen sind, eine Konferenz mit dem Titel *The First Inter-*
national Gathering of Hidden Children During World
War II stattfinden, eine Versammlung von Kindern, die
unter fremden Namen aufgewachsen sind, die unter ungewöhnlichen Umständen aufgewachsen und gerettet
worden sind. Es waren an die zweitausend Leute anwe-
send, »hauptsächlich Leute in den Fünfzigern«, wie ver-
merkt wurde. Die Geschichten, von welchen die Teilnehmer
berichteten, waren traurig, oft schier unfassbar, und das
Gerettetwerden glich einem Wunder. Ein Mädchen aus
Polen erzählte, wie sie von der Mutter von der Poniatowski-
Brücke in die Weichsel geworfen wurde, als die Nazis sie
ins Lager transportierten. Gute Menschen haben sie he-
rausgezogen, andere gute Menschen aufgenommen und
ihr zu Essen gegeben, die Mutter aber hat sie nie mehr
wieder gesehen. Eine Andere wurde von der Mutter in
eine Decke gewickelt und auf dem Gehsteig abgelegt.
– Ich bin drei Tage so dagelegen, niemand wagte es,
mich aufzuheben, denn man wusste, dass ich ein jüdisches

Kind bin. Ein deutscher Gendarm gab mir zu essen. Er kam mehrmals am Tag mit einer Flasche Milch, er erklärte, dass er mich nicht umbringen könne, da er selbst ein zwei Monate altes Baby zu Hause habe. Schließlich hat mich doch eine gute Frau zu sich genommen, sie ist mit mir aufs Land geflohen, wo sie mich versteckt hat.

So folgte Geschichte auf Geschichte. Jeder hatte seine eigene. Einige weinten, während sie sprachen, andere, während sie zuhörten. Eine Frau erzählte:

– Mich haben gute Menschen aus dem Krankenhaus in Garwolin geholt. Sie wussten, dass ich ein jüdisches Kind bin, das jemand dort zurückgelassen hat. Wer, war nie zu erfahren. Nie habe ich die Namen meiner Mutter und meines Vaters erfahren.

Michelle, eine Französin, erzählte schluchzend, wie die Eltern sie, als eine Razzia begann, im Keller versteckten und ihr befahlen, keinen Laut von sich zu geben. So verbrachte sie dort zwei Tage und zwei Nächte, bis Nachbarn sie fanden und aufs Land wegbrachten. Sie überlebte, aber die Gesichter von Vater und Mutter blieben ihr nur verschwommen im Gedächtnis, sie war damals erst drei Jahre alt.

Es kamen die Schilderungen von verlorenen, verlassenen und vergessenen Kindern aus Jugoslawien an die Reihe.

– Ich bin Ester Schapiro. 1940 lernten sich mein Vater und meine Mutter kennen und heirateten, ich kam im April 1941 zur Welt. Leute vom Roten Kreuz bemerkten, dass die Mutter vor der Niederkunft war, konnten sie aus der Kolonne holen und in einem Spital für die Geburt unterbringen. Die ganze Familie wurde nach Auschwitz abtransportiert. Meine Mutter brachte mich zur Welt, aber nach fünf Monaten im Versteck im Spital hat sie eine Frau verraten. Im Spital lernte meine Mutter eine gleichaltrige Krankenschwester kennen. Sie flehte sie an: »Wenn mir etwas passiert, nimm bitte mein Kind, rette es.« Als meine Mutter denunziert und abgeführt worden ist, hat mich die junge Krankenschwester zu sich nach Hause genommen. Meine wirkliche Identität musste vor den Nachbarn und den anderen Kindern verschwiegen werden. So wuchs ich unter falschem Namen und falscher Identität auf. Erst als ich in die Schule kam, der Krieg war schon längst vorbei, hat mir meine Ziehmutter eröffnet, wer ich bin. Ich konnte das nur schwer akzeptieren. War geschockt. Ich fühlte mich betrogen. Wollte mich umbringen, wollte, dass es mich nicht gibt. Ja, ich fühlte mich zweifach betrogen, von den richtigen Eltern und von meiner Ziehmutter.

Es meldete sich Marija Demajo:

– Meine Mutter war mit mir und meiner Schwester im Haus. Es kam ein Gendarm mit dem Befehl sie abzuführen. Mutter begann, das Nötigste zusammenzupacken. Der Gendarm konnte nicht umhin, ihr zu sagen: »Sie wissen nicht, wohin man Sie bringt? Verstecken Sie wenigstens die Kinder. So haben sie eine Chance zu überleben, vielleicht nehmen die Nachbarn sie zu sich.« Mutter war schnell entschlossen, sie ließ die Wohnung und uns beide darin zurück, mich Zweijährige und meine vierjährige Schwester…

– Mein Name ist Sonja. Ich war nicht als Jüdin registriert, denn ich wurde in der Kirche des Hl. Alexander Newski als serbisches Kind getauft. Zwei der übelsten und berüchtigtsten Polizisten Belgrads, Kosmajac und Banjac, kamen meine Mutter holen. Warum sie mich nicht auch mitgenommen haben? Ich war von Geburt an ein kränkliches Kind. Ich war unterernährt, da wir in Armut lebten, seit mein Vater gehängt wurde. Wegen des Hungers erkrankte ich an Rachitis und konnte nicht mehr gehen. Als sie Mama holten, fragte unsere Nachbarin Marija den Kosmajac, ob sie mich behalten könne. Er schaute mich an und grinste. Er fragte: »Ist die Kreatur da etwa ein Kind? Das wird uns in diesen Baracken krepieren, und bei Ihnen wird's noch eine Woche leben. Warum sollen wir's mitnehmen?« Ja, so blieb ich am Leben. Ich war damals zwei Jahre alt. Beim Abschied sagte meine Mama zu Tante Marija: »Ich habe drei Wünsche. Flechten Sie ihr Zöpfe, geben Sie ihr keine Nadel zum Nähen, denn vom Nähen sind wir beide hungrig geblieben, und bringen Sie ihr nicht bei, zu Gott zu beten, denn an diesem heutigen Tag, dem Tag der Erscheinung des Herrn, trennt man mich von meinem Kind.« Dann haben sie sie abgeführt, sie hat mich nicht einmal geküsst. Es tut mir sehr weh, dass ich kein einziges Bild von Mama und Papa habe.

* * *

Albert Weisz sprach von seiner Verzweiflung darob, dass er den jüngeren Bruder verloren hat. Die Eltern konnten sie beide aus dem Zug werfen, als sie wussten, dass sie auf dem Weg ins Lager sind. Albert suchte vergeblich ringsherum und überall nach seinem Bruder. Es war Nacht, es fror Stein und Bein, und er irrte herum, bis zur Erschöpfung, aber keine Spur von Elijah. Als Albert den Gästen der Konferenz im *Marriott* davon erzählte, liefen ihm Tränen über die Wangen. Er sprach dann vom volksdeutschen Förster, der ihn gefunden und zu sich nach Hause gebracht hat. Er erzählte auch, wie er von dort weggelaufen ist. Wohin konnte ein siebenjähriger Bub weglaufen? In der Mitte des Flusses gab es eine Insel, die Todesinsel genannt wurde. Dorthin brachten die Bauern aus den umliegenden Dörfern die kranken Tiere, um sie dort verenden zu lassen, und auch Kadaver schon verendeter Tiere. Albert hatte keinen klaren Begriff von der Bedeutung des Wortes »Tod«. Ist der Tod etwas Dauerndes, oder Vorübergehendes, wie und warum geschieht er? Es war recht vernünftig, zumindest aus der Sicht eines Siebenjährigen, sich genau dorthin zu begeben. Johann und Ingrid, der Förster und seine Frau, haben die Insel als einen Ort erwähnt, der von den Geistern der Verschwundenen und der Toten bevölkert sei.

– Ich verbrachte auf der Insel drei Tage und drei Nächte. Das war mein richtiges Erwachsenwerden. Inmitten von Tierkadavern, von denen einige nur mehr Gerippe, während andere noch am Verwesen waren. Da lernte ich, was Sterben heißt, dass das gleichzusetzen ist mit Zerfall, Nicht-Existenz vielleicht für immer, verschieden von der Nicht-Existenz, die mein Vater als einen vorübergehenden Zustand zu erreichen suchte, als eine Art des Verborgen-Seins oder des Umlegens eines Mantels der Unsichtbarkeit. In der Nacht packte mich Angst. Angst vor der undurchdringlichen Finsternis, in der ich Stimmen hörte, die vielleicht nur meiner kindlichen Phantasie entsprangen, vielleicht aber auch nicht. Wer kann schon wissen, was in einer solchen undurchdringlichen Finsternis alles passieren kann. Und wenn der Mond, der Vollmond durch die Wolken schaute, wurde es noch grauenhafter. Ich vermochte in meiner kindlichen Einbildungskraft das, was bloß Schatten waren, nicht von dem zu unterscheiden, was aus einer anderen, unbekannten und geheimnisvollen Welt kommt. Ein Teil dieser Angst lebt noch immer in mir.

In der dritten Nacht spürte Albert, wie ihn jemand an der Schulter berührte. Er machte die Augen weit auf und erblickte etwas wie eine Nebelschwade, einen Umriss, der ihn irgendwie an seinen Vater erinnerte. Und die Stimme, die er hörte, war ein wenig rau, aber zweifelsohne die des Vaters.

Der Vater sagte ihm, wie die Magie ihn fortirren ließ in eine andere Welt, und er von dieser keinen Rückweg mehr finde außer als Geist, Schatten, Nebel. Dennoch riet er Albert, nicht die Hoffnung zu verlieren, da auch er sie nicht verloren habe. Wo ein Eingang, da ist auch ein Ausgang, und er werde diesen Ausgang finden. Das war die Kunde jener Nebelschwade, in die sich sein Vater verwandelt hatte.

– Vater, wo ist Elijah? fragte ich – Albert fuhr mit seiner Erzählung fort. – »Wir wurden getrennt. Wie kann ich meinen kleinen Bruder wiederfinden? Er ist noch ganz klein und kann nicht auf sich selbst aufpassen.« – »Stimmt«, antwortete der Schatten meines Vaters. »Er ist zu klein, um auf sich selbst aufzupassen. Aber er ist dauernd da, wo du bist. Er folgt dir. Er hat die Gestalt eines Vogels angenommen, mein Lieber. Schau hinauf.« Und wirklich erblickte ich auf dem Baum über mir ein Vögelchen mit buntem Gefieder. Es flatterte mit den Flügeln, flog um meinen Kopf. Es war er, mein kleiner Bruder!

Kaum hatte Albert seine Geschichte zu Ende erzählt, da wurden im Saal aufgeregte Stimmen laut. Ein kleines Vögelchen mit buntem Gefieder, das wer weiß wie hereingekommen war, flog über Alberts Kopf herum. Jemand kam auf die Idee, alle Fenster zu öffnen, und das Vögelchen flog, nachdem es noch eine Runde im Saal gemacht hatte, vom Lärm aufgescheucht hinaus.

Zehntes Kapitel

Wenn der Tag anbricht. Mischa Wolf erzählt.

An die Reihe zu erzählen kam ein großgewachsener, grau-
haariger Mann in den Siebzigern.

– Bis vor zwei Jahren lebte ich in der Überzeugung,
alles über meine Herkunft und meine Eltern zu wissen. Ich
hatte eine unbeschwerte Kindheit auf einem Bauernhof,
bei dem selten Soldaten vorbeikamen, ich war mehrfach
geschützt und behütet – durch meinen älteren Bruder und
die Eltern, die sich am Hof abmühten. Dumpf kann ich
mich an jene Tage erinnern, an das alte Bauernhaus, in
dem wir lebten. Ich hatte eine schöne, unbeschwerte
Kindheit. Aber vor zwei Jahren haben Arbeiter, die am
alten Messegelände in Belgrad für die Verlegung einer
Wasserleitung den Boden aufgruben, so eine Blechdose
gefunden, wie sie früher für Kekse und Bonbons verwendet wurde. Und in dieser Dose waren Briefe, Fotos, Dokumente und Originalnoten für ein Musikstück, das
Abraham Wolf im Lager komponiert hatte; das Ganze
hatte er dann, da er das Ende nahen sah, vergraben. In
einer Mitteilung, die sich unter diesen Papieren befand,
schrieb er: *Unser lieber Mischa, vielleicht wird es gar nie
notwendig sein, dass du diesen Brief liest. Vielleicht wird
alles gut ausgehen. Aber die Zeiten sind gefährlich, es
herrscht große Ungewissheit. Deshalb möchten wir, dass
du weißt, wir sehr wir dich lieben und dass wir es kaum
erwarten können, wieder beisammen zu sein. Mama
weint unablässig, und ich kann sie nicht trösten. Die
Brankovs, die dich zu sich genommen haben, sind unsere
Freunde, und sie werden auf dich aufpassen, als wärst du*

ihr leiblicher Sohn. Nun, erst da habe ich erfahren, wer meine richtigen Eltern sind. Durch puren Zufall.

Mischa Wolf öffnete daraufhin den Geigenkasten, den er unter dem Arm trug.

– Das ist die Musik, die mein Vater im Lager komponiert hat, ich habe sie vollendet. Ich glaube, er hat sie absichtlich unvollendet gelassen, damit es eine Verbindung zu mir gibt.

Er begann das Stück zu spielen, in dem sich Klezmer-, Kaddisch-, Lecha dodi-Motive mischten…Die Komposition seines Vaters klang wie eine Ode an das Leben im Angesicht des Todes. Alle Anwesenden durchlief ein Schauer, sie hielten den Atem an und hörten zu. Der alte Musiker spielte und spielte. Alle weinten, denn sie hörten eine Stimme aus jener anderen Seite des Lebens, und auch der alte Musiker weinte.

Was kann man dem noch ergänzend hinzufügen, wovon der Geiger Mischa Wolf erzählt hat? Das, wie das Auffinden dieser Dose sein Leben von Grund auf verändert hat. Und eine solche Veränderung im Leben, der Wechsel der Identität in einem Alter, wo das Leben dem Ende zugeht, hat die Gewalt eines innerlichen Erdbebens. In Wahrheit war Mischas erster Gedanke, die Dose mit den Briefen, Fotos und dem Notenheft nicht zu öffnen, aber als er sie dennoch geöffnet hatte, fiel er in einen Zeitabgrund. Alles schien ihm falsch zu sein – das, was er glaubte zu sein, und das, was er wirklich war.

Als er vor der hübschen blonden Kustodin des Jüdischen Historischen Museums stand und sie ihm die Dose mit den Dokumenten hinhielt, die man am alten Messegelände gefunden hatte, überlegte er für einen Moment, ob er die Dose nehmen sollte oder nicht, denn er war der festen Überzeugung, dass es sich um einen Irrtum handeln müsse.

– Wie kommen Sie darauf, dass diese Dose etwas mit mir zu tun hat?

Die Frau hielt die Dose in der Hand und erwartete, dass er sie nehmen würde. – Sie sind Mischa Brankov? – antwortete sie, selbst fragend.

– Ja, ich bin Mischa Brankov.

Die Frau zuckte mit den Achseln. – In der Mitteilung, die mit diesen Papieren hinterlassen wurde, heißt es, dass diese Dose mit den Dokumenten, sofern Abraham und Ildi das Lager nicht lebend verlassen würden, der Familie Brankov zu übergeben sei, die ihren zweijährigen Sohn Mischa aufgenommen habe.

– Na geh'n Sie, ich bitt' Sie, winkte der Professor ab, als ob er sich verteidigen müsse.

Die Kustodin fuhr fort: – Bevor wir Sie benachrichtigten und zu kommen baten, sprachen wir mit einem nahen Freund der Familie Wolf…mit Emil Neufeld. Er hat bestätigt, dass Ildi und Abraham Wolf ihren zweijährigen Sohn der Familie Brankov in Obhut gegeben hatten.

– Nicht möglich, nicht möglich, murmelt der Musikprofessor. – Geben Sie mir die Adresse jenes Herren, wie sagten Sie…Neu…Neufeld…

Er nahm die Dose, während die Kustodin Neufelds Adresse auf ein Stück Papier schrieb.

Der Professor geht, die alte Blechdose in der Hand, durch einen Park. Er bleibt bei einer Bank stehen und setzt sich. Er blickt sich um. Im Park laufen ein paar Hunde herum, während deren Herren auf der Wiese stehen und sich unterhalten. Zwei Burschen und ein Mädchen sitzen am

Sockel eines Denkmals und trinken Bier aus einer Zwei-Liter-Plastikflasche. Kinder bewegen sich auf einer Schaukel auf und ab, die unerträglich quietscht…Der Professor gibt die Dose auf den Schoß. Er legt die Hände darauf. Die Finger spüren das Metall.

Neufeld erwartete ihn vor der Tür zu seiner Wohnung. Er war alt, sehr alt, graues Haar, weiße Brauen, er ging schwer, lebte allein.

– Es gibt niemanden mehr aus meiner Generation, ich bin der letzte Zeuge, sagte er.

Sie saßen im Wohnzimmer, durch eine Glastür war das ungemachte Bett zu sehen, die andere Tür führte in die Küche. Der Professor stellte die Blechdose auf den Tisch.

– Das haben sie mir im Museum gegeben und mir eine unglaubliche Geschichte erzählt.

Neufeld nickte. – Ja, ich habe gehört. Was ist daran so unglaublich?

– Diese Dose und ihr Inhalt gehören angeblich meinen richtigen Eltern. Das ist derart absurd…ich weiß nicht, wie ich sagen soll…

– Das ist kein Gerede, mein Lieber. Ich kannte die Familie Wolf, und ich kannte die Familie Brankov. Die Brankovs hatten einen Bauernhof, wo immer wieder Leute zusammenkamen. Die Familie Weisz, Isaak und Sara, mit ihren Söhnen Albert und Elijah, der gerade erst zu gehen begonnen hatte. Der süßeste Bub, den ich je gesehen habe. Ihr Vater Abraham, ich kann mich gut erinnern, spielte einige Instrumente…ein talentierter Musiker. Und Ildi, die Mutter – eine wahre Schönheit. Wir waren alle ein wenig verliebt in sie. Ihr Vater…Sie sagten, Sie haben mit Musik zu tun?

Mischa nickte.

– Nun, da sehen Sie. Vererbt. Die Brankovs hatten einen
Sohn, Kosta…

– Kosta? Sind Sie sicher, dass er so geheißen hat?

– Ja, Kosta hat er geheißen…- er stand mühevoll auf
und ging in die Küche. Er kam mit einem Tablett zurück,
auf dem zwei Schalen Kaffee waren.- Die Okkupation hat
unser Leben von Grund auf verändert. Rassengesetze,
gelbe Bänder. Und doch haben wir geglaubt, dass das alles
nur vorübergehend wäre. Es sind viele schreckliche Dinge
passiert. Es ist gefährlich, in der Vergangenheit zu graben.
Schmerzlich.

Mischa nahm eine Schale Kaffee. Er schwieg einen
Moment.

– Sie sind also überzeugt, dass ich Mischa Wolf bin?

Der alte Neufeld nickte.

– Sie können sich nicht vorstellen, was Eltern alles unter-
nommen haben, um ihre Kinder zu retten. Sie wickelten
sie in Decken und hinterließen sie vor fremden Haustüren,
sie baten unbekannte Leute auf der Straße, sie aufzuneh-
men. Aber Sie hatten trotz allem Glück. Kaum jemand
hat geahnt, was für schreckliche Zeiten bevorstanden. Ich
habe es geahnt. Mein Vater musste nach der Bombardie-
rung Belgrads, als die Deutschen gekommen sind, zur
Zwangsarbeit, Trümmer aufräumen. Mit Hilfe von Freunden gelang es mir, für den Vater, die Mutter, die Wolfs und
mich zu Passierscheinen zu gelangen. Ich drängte und
flehte, dass sie weggehen, aber sie wollten nicht. Nur Ihr
Vater Abraham schaffte es, den Sohn bei Freunden auf
dem Land zu verstecken, »bis sich die Lage beruhigt«, wie
er sagte. Ich zögerte, die Eltern zu verlassen und aus Belgrad wegzugehen. Meine Eltern kamen im Judenlager
Zemlin um. Im Dezember 1941 wurde auf Beschluss der

deutschen Besatzungsmacht an der Stelle der damals neuen Belgrader Messe dieses Lager errichtet. Ein Lager für Roma und Juden. Die Verbringung von Frauen und Kindern in der kalten Jahreszeit aus dem Zentrum Belgrads in die großen Pavillons des Belgrader Messegeländes war auch für die Belgrader nicht zu übersehen. Und als strenger Winter anbrach, starben immer mehr erschöpfte Insassen, ja man konnte alle paar Tage sehen, wie Juden aus dem Lager ihre verstorbenen Landsleute über die zugefrorene Save schleiften, um sie den Gemeindearbeitern von Belgrad zwecks Beerdigung zu übergeben. Im März 1942 wurde der Beschluss gefasst, das Lager zu schließen und die Insassen zu vernichten. Ich habe mich lange bei einem Freund versteckt. Und als ich mich entschloss zu fliehen, war es zu spät. Ich wurde auf dem Bahnhof verhaftet. Sie hatten einen Mitarbeiter aus unserer Gemeinde, er hieß Ruben Rubenovič, der hat mich erkannt, mit dem Finger auf mich gezeigt. Und so fand ich mich auf dem Weg nach Auschwitz wieder.

Einige Stunden Fahrt mit dem Autobus, dann zu Fuß durch gelbe Sonnenblumenfelder, und Mischa war vor einem großen Holztor, das sich unter Ächzen öffnete. Im Hof befand sich die Scheune, der Stall und der Werkzeugschuppen, alles heruntergekommen und angenagt vom Zahn der Zeit. Der Hund in seiner Hütte, an der Kette, begann zu bellen. Das war der Ort, an dem er aufgewachsen war. Kosta und seine Frau Ana freuten sich über seinen Besuch. Sie saßen auf der Bank vor dem Haus, Ana servierte Quittenschnaps, und als sie ins Haus zurückgegangen war, fragte Mischa den »Bruder«: – Kolja, warum hast du mir nichts gesagt?

– Was hab ich dir nicht gesagt? – wunderte sich Kosta.

– Du hast mir nicht gesagt, dass wir überhaupt nicht Brüder sind.

Kosta senkte nur den Kopf. Er schwieg einen Augenblick und antwortete dann: – Weil du ja mein Bruder bist. Du warst immer mein Bruder. Von dem Moment an, als dich Vati und Mama auf den Hof brachten und sagten: »Kolja, das ist dein Bruder«, warst du für mich wie ein Bruder.

Mischa schüttelte nur den Kopf. – Glaubst du, das reicht als Erklärung?

Seine Augen füllten sich mit Tränen.

Der Professor und Kosta fahren mit Rädern eine Landstraße entlang. Von Zeit zu Zeit steigen sie ab, um eine Anhöhe oder Unebenheiten im Weg zu Fuß zu passieren. Die kühle Sonne hat sich bereits zum Horizont geneigt, und in der Ferne türmen sich Wolken auf.

Sie fahren durch einen Akazienwald und stoßen auf eine Lichtung. Sie halten beim Dorffriedhof, der aus einem Dutzend Kreuzen und Grabsteinen besteht, die schon ziemlich vom Zahn der Zeit angenagt sind. Der Friedhofszaun ist eingefallen, und die Mehrzahl der Gräber ist von Stauden und hohem Gras überwuchert. Sie stellen die Räder beim Friedhofseingang ab.

Kosta geht voran. Er bleibt vor einem Grabstein stehen. Kosta reißt das wuchernde Unkraut aus. Es kommt eine Aufschrift *Jovan Brankov 1908–1985* zum Vorschein und darunter noch eine: *Vera Brankov 1912–1983*. Über der Aufschrift eine Fotografie auf Porzellan: Vera und Jovan in jungen Jahren.

Kosta holt zwei Kerzen aus der Tasche. Eine reicht er dem Professor. Sie zünden die Kerzen an. Die entzündeten Kerzen stellen sie zum Grabstein.

– Warum haben sie es mir nicht gesagt? Nach dem Krieg bestand keinerlei Gefahr mehr, weder für sie noch für mich.

– Für sie war es undenkbar, dass du in irgendein Heim oder Waisenhaus gehst. Sie haben mich beschwört, es dir nicht zu sagen. Bei uns hat dir nichts gefehlt. Sie haben dich vielleicht mehr geliebt als mich.

Mischa senkt den Kopf.

– Aber trotzdem, war das nicht alles eine einzige Lüge?

– Nein, war es nicht. Sie haben dich geliebt. Alles Übrige war vielleicht eine Lüge, das aber nicht.

Die dunklen Wolken haben die Sonne ganz verdeckt. Von Ferne ist Donnergrollen zu hören. Die ersten Regentropfen fallen. Zwei alte Männer stehen auf der Grabplatte. Kosta tut einen Schritt, geht auf Mischa zu. Umarmt ihn.

– Verzeih, Mischa.

– Was, Kosta? Was soll ich dir verzeihen?

– Nun, eben so. Alles verzeih'.

Der Regen wird immer stärker. Doch sie bewegen sich nicht.

Der Professor sitzt in seinem Zimmer am Tisch. Vor ihm ist die geöffnete Dose. Der Professor nimmt einige alte Fotografien heraus: Abraham Wolf dirigiert das Kammerorchester, ein Portrait seiner Frau Ildi, ihr Hochzeitsfoto…Seine Aufmerksamkeit wird besonders von einer Fotografie angezogen, auf der Abraham und Ildi Wolf zu sehen sind, Ildi mit einem zweijährigen Buben im Arm. Der Mann und die Frau lächeln. Der Professor dreht das Foto um. Auf der Rückseite steht: *Juli 1941.*

Der Professor streicht mit der Hand über die Fotografie, als ob er mit dieser Bewegung einen bösen Zauber entfernen möchte.

Er legt das Foto beiseite und nimmt den Brief aus der Dose. Er liest ihn.

Unser lieber Mischa, vielleicht wird es gar nie notwendig sein, dass du diesen Brief liest… Vielleicht wird alles gut ausgehen. Aber die Zeiten sind gefährlich, es herrscht große Ungewissheit. Deshalb möchten wir, dass du weißt, wir sehr wir dich lieben und dass wir es kaum erwarten können, wieder beisammen zu sein. Mama weint unablässig, und ich kann sie nicht trösten.

Tag und Nacht habe ich eine Melodie im Ohr. Ein Nachweis von uns. Dass es uns gab, dass wir existierten. Mit diesen Klängen gehe ich zu Bett, mit ihnen wache ich auf. Immer habe ich daran geglaubt, dass die Musik stärker als alles andere ist, stärker selbst als das Sterben und der Tod und all dieses Grauen. Und irgendwie glaube ich daran, dass es uns gibt, solange es diese Musik gibt.

Der Professor lässt den Brief auf den Tisch niedersinken und nimmt ein gebrauchtes, von Hand zusammengebundenes Notenheft aus der Dose. Auf dem Umschlag steht geschrieben: *WENN DER TAG ANBRICHT*, und unter der Überschrift in kleiner Schrift:

Wenn der Tag anbricht
Werden auch die Toten erwachen
Und eine neue Morgenröte steigt auf
Und die Nacht verstreicht

Wir werden da sein
Wenn der Tag anbricht
Und die Nacht verstreicht...

Der Professor blättert die Partitur durch. Offensichtlich ist sie nicht vollendet. Er klopft den Takt. Versucht nachzusummen. Steht auf und geht zum Klavier. Er spielt einige Takte. Hält inne. Er verspürt eine ungewöhnliche Aufregung, er stellt eine Verbindung mit seinen Eltern her. Von neuem und diesmal entschlossener lässt er die Finger über das Klavier gleiten und holt die Melodie aus der Partitur hervor, die teilweise beschädigt ist. Manches ist kaum zu lesen, manches ganz unkenntlich. Er versucht zu improvisieren, ist aber nicht zufrieden. Zunächst zögerlich, dann immer kräftiger greift er in die Tasten.

So begann des Professors Obsession. Mehrere Male spielte er auf dem Klavier die unvollendete Komposition seines Vaters. Diese Melodie verfolgte ihn Tag und Nacht. Sie kam aus der Tiefe der Vergangenheit herauf. Sein richtiger Vater Abraham Wolf stellte mittels der verschlüsselten Sprache der Musik eine Verbindung mit den künftigen Zeiten her, mit dem abwesenden Sohn, er gab Kunde von den tragischen Tagen des Leidens und hinterließ eine Nachricht, die es erst noch bis ins Letzte zu verstehen galt. Um dies zu können, musste er einiges mehr über die Geheimnisse der jüdischen Musik in Erfahrung bringen und die unvollendete Komposition vollenden. Nun hatte er ja eine gewisse Kenntnis von den Gesängen in der Synagoge, davon, dass in den sephardischen und aschkenasischen Synagogen unterschiedliche Lieder gesungen wurden, er hatte einiges über die Volkslieder der Aschkenasim gelernt, über die Klezmer Musik, die ihre Wurzeln in der traditionellen jüdischen Musik hat, auf die mit der Zeit die Musik der übrigen Völker jener Regionen einzuwirken begann, in denen die Juden lebten, einmal hörte er in Budapest Klezmer Meister spielen, einen besonderen Eindruck hinterließen bei ihm der Klarinettist und der Cellist, aber das, was sein Vater niedergeschrieben hatte, umgeben von Stacheldraht, inmitten von Todgeweihten, das war etwas anderes, ein anderer Klang, bekannt und unbekannt zugleich. Es schien als befände er sich vor einem unlösbaren Rätsel. Dieses Rätsel war offenbar nicht bloß musikalischer Natur. Er beschloss, mit dem Belgrader Rabbiner zu sprechen. Der Rabbiner empfing ihn freundlich. Er hörte sich seinen Fall an.

– Wir sind eine kleine Gemeinschaft, und so etwas spricht sich schnell herum. Was mit Ihnen passiert ist, gleicht einem Wunder. Nach so langer Zeit und auf eine derartige Weise die Wahrheit über seine Eltern zu erfahren.

Er schaute die in der Metalldose aufbewahrten Noten durch.

– Wissen Sie, Professor, wie man sagt: Die Musik ist die Seele des Universums. Die Himmel singen, Gottes Thron atmet Musik, sogar das Tetragramm *Jahve* ist aus vier Musiknoten zusammengesetzt. Jeder Mensch ist ein Lied für sich, kann mit Noten dargestellt werden. Ihr Vater wusste das – der Rabbiner hielt für einen Augenblick inne. – Das, worum es sich bei dieser Niederschrift handelt, ist chassidische Musik. Es gibt so einen Glauben, dass man in der chassidischen Musik die Seele des Musikers erspüren kann. Dass Sie die Stimme Ihres Vaters hören können.

Das war genau das, was Mischa gehört hat. Die Stimme seines Vaters. Er kehrte mit Noten kabbalistischer und chassidischer Lieder nach Hause zurück. Der Chassidismus ist mit der Kabbala und deren Mystik verbunden. Der Professor war sich von Mal zu Mal sicherer, dass diese Komposition eine Art Gebet ist, das es ermöglicht, jene hohe Stufe von Versenkung zu erreichen, auf der sich der Unterschied zwischen Vergangenheit und Zukunft verliert, auf der sich die Tore der Zeit öffnen.

Stunden verbrachte er am Klavier, die Komposition seines Vaters zu vollenden. Es verschwamm der Unterschied zwischen Tag und Nacht, Schlafen und Wachen, ein Raum für die Begegnung zwischen Lebenden und Toten tat sich auf.

Eines Nachts wurde der Professor von Sirenengeheul geweckt. Er stand auf, spähte durch das Fenster seiner Wohnung im Erdgeschoss. Das Straßenpflaster und das Gebäude gegenüber waren vom Vollmond erleuchtet. Soldaten, mit Schmeissern bewaffnet, zerrten Leute auf die Straße. Frauen, Kinder, Alte trugen Bündel, Koffer, die Kolonne füllte die ganze Straße. Kinderweinen war zu hören und der scharfe Befehlston der Soldaten: »Schnell! Schnell!«

Der Professor läuft auf die Straße. Er bemerkte, dass alle den gelben Davidsstern am Arm trugen. Er geht zur Kolonne, versucht zu erfragen, was vor sich geht. Doch er erhält keine Antwort. Nicht einmal der deutsche Soldat schenkt ihm Beachtung. Er schlägt sich zur Spitze der Kolonne durch. Mit den Blicken sucht er seine Eltern Abraham und Ildi Wolf. Für einen Augenblick kann er sie sehen, aber immer, wenn er sich ihnen nähert, verschwinden sie irgendwie.

In der mondhellen Nacht sieht er deutlich die Umrisse des Judenlagers Zemlin. In der Mitte des Lagers steht der Turm und leuchtet im unheilvollen Blendlicht der Scheinwerfer. Ein Leuchtturm in der Nacht. Die Kolonne ergießt sich in das Lager wie in den riesigen Rachen eines Raubtieres.

Der Professor versucht, in der Vielzahl von Leuten die Gesichter seiner Eltern auszumachen, aber die Scheinwerfer, die das Messegelände erhellen, blenden seine Augen. Es ist ein allgemeiner Tumult, verlassene und verlorene Kinder rennen am Gelände umher, eine Gruppe Blinder passiert den Eingang, einer sich am andern haltend, die Deutschen Schäferhunde bellen unablässig, es herrscht allgemeines Chaos.

In den offenen Räumlichkeiten sind Reihen von hölzernen, vierstöckigen Gestellen mit Lagerpritschen aufgestellt. Die Alten versuchen vergebens hinaufzugelangen, sie fallen herunter und halten sich erneut an den Holzrahmen der Gestelle fest.

Eine Autosirene ertönt. Durch die weit geöffneten Lagertore fährt ein gepanzerter Gaswagen, »Duschegupka« genannt, herein. Er bleibt in der Mitte des Lagerrunds stehen. Alles verstummt. In der völligen Stille wird die hintere Ladetür des Lastwagens geöffnet. Die Lagerinsassen stehen in der Reihe, ganz ruhig begeben sie sich in die dunkle Öffnung des Fahrzeuges. Eine Stimme, die aus unbekannter Richtung kommt, verliest Namen:

– Mandil Abraham, Mandil Eva, Teichner Oto, Reiss Artur, Kohn Ester, Levi Josif, Schwarz Geza, Calderon Moscha, Kalef Lenka, Avramovitsch Rafajlo, Nahmijas Luna, Adanja Chaim, Melamed Moscha, Djurkovitsch Adela, Kalmitsch Isak, Semo Lazar, Amar Solomon, Demajo Jakov, Kohn Oskar, Beraha Josif, Finci Moscha, Weiner Ana, Singer Charlotta, Singer Greta…

Name wird an Name gereiht, doch der Schlund des Fahrzeugs will und will nicht voll werden, so als gebe es drinnen unbeschränkt Platz. Der Professor hört die Stimme die Namen »Ildi und Abraham Wolf« sprechen. Er sieht, wie Vater und Mutter einen Schritt ins Innere des Lastwagens taten. Zuvor drehen sie sich um, suchen ihn mit ihren Blicken. Er schreit so laut er kann, aber kein Laut kommt aus seinem Mund.

* * *

Am nächsten Tag ging der Professor von daheim zu Fuß an den Ort, wo sich früher das Jüdische Lager Zemun befand. Er stieg von der Brankov-Brücke herab und gelangte über grasbewachsene Flächen zum alten Messegelände. Das ist ein Ort mit eingestürzten Pavillons, neben denen neue Baracken entstanden sind, in denen Flüchtlinge und Roma leben. Es gibt keinerlei Gedenktafel, dass sich hier einst zunächst ein Lager für Juden und dann ein Durchgangslager befand, obwohl darin an die zehntausend Menschen umkamen. Er kam an die Stelle, an dem unlängst Arbeiter beim Graben für eine Wasserleitung die Dose fanden, welche sein Leben veränderte. Die Stelle war noch sichtbar, das Loch mit Erde zugeschüttet. Der Professor bückte sich und legte vorsichtig einen Strauß Blumen auf die Erhebung. Stumm stand er dort einige Augenblicke. Dann nahm er die Geige aus dem Kasten, den er unter dem Arm trug. Er begann, die Melodie » *Wenn der Tag anbricht* « zu spielen, so wie sie sein Vater Abraham Wolf niedergeschrieben hatte, ergänzt um den Teil, den er, Mischa Wolf, sein Sohn, hinzugefügt hat. Jetzt war es eine vollendete, abgerundete Melodie, erfüllt war die Schuld gegenüber dem Vater und gegenüber allen, die von diesem Ort in den Tod gegangen sind.

Elftes Kapitel

Das Haus des Erinnerns und des Vergessens

Albert konnte und konnte nicht einschlafen. Diese paar Tage in New York und die Geschichten, die er gehört hat, haben ihn ziemlich in Unruhe versetzt. Er wälzte sich im Bett hin und her, der Schlaf wollte ihm nicht die Augen schließen. Er sah auf die Uhr, es war bereits nach Mitternacht. Er stand auf und ging zum Fenster. Das hohe Gebäude gegenüber verstellte ihm den Ausblick. Das Hotelzimmer schien ihm mit einem Mal sehr klein, ohne ausreichend Luft. Hastig kleidete er sich an, fuhr mit dem Lift ins Erdgeschoss, ging an der Rezeption vorbei und hinaus in die frische New Yorker Nacht.

Autos flitzten auf den breiten Avenues dahin, die gesäumt sind von Hochhäusern, welche mit ihren Spitzen den Nachthimmel zu berühren schienen. Die Wolkenkratzer verursachten bei Albert ein seltsames Unwohlsein und Schwindel. Er beschleunigte seine Schritte, um sich in einen ruhigeren Teil dieser großen Stadt zu retten.

Er ging immer weiter und weiter, gelangte in einen völlig unbekannten Teil New Yorks, und schon fühlte er sich besser. Es gab so gut wie keine Passanten, auch keine Autos. Albert denkt sich, dass dieser Teil New Yorks in der Nacht wohl angenehmer sei als am Tag. Schon lange war er von der Hauptstraße, in der sich das Hotel befand, abgekommen, ungeachtet dessen, dass die Organisatoren der Konferenz gewarnt hatten, dass einzelne Teile der Stadt in der Nacht gefährlich seien, und geraten hatten, Manhattan nicht zu verlassen. Vollmond erleuchtete den Himmel, bisweilen verdeckten ihn Wolken. Albert wollte zurück ins Hotel, aber er sah, dass er sich im Geflecht der unbekannten Straßen verloren hatte. Das angenehme Gefühl, das er beim Gehen empfand, verwandelt sich in Angst und Panik darüber, in der großen Stadt verloren zu sein.

Er irrte eine Zeit lang herum, und dann gewahrt er an einer Straßenecke eine Leuchtschrift und eine geöffnete Eingangstüre. Er wurde schneller, denn er glaubte, dort Hilfe zu finden. Als er sich schon ganz genähert hatte, las er die Aufschrift der Leuchtreklame: *House of memories and oblivion.*

Es war niemand im Haus. In der Mitte des Raumes, den er betreten hatte, leuchtete ein Bildschirm. Ansonsten war der Raum völlig leer, es gab nichts außer dem Bildschirm. Sein Flimmern erleuchtete die nackten Wände.

Auf dem Schirm erschien die Aufschrift: *Raum der Erinnerung.*

Albert näherte sich dem Schirm. Darunter gab es eine Tastatur. Albert gab zwei Wörter ein: »Familie Weisz«. Der Schirm wurde für einen Moment dunkel, dann flackerten waagrechte und senkrechte Linien auf, schließlich stabilisierte sich das Bild, er sah den Vater und die Mutter, sich als Siebenjährigen, Elijah. Sie gingen in der Kolonne, der Vater trug einen Koffer, die Mutter zog Elijah an der Hand hinter sich her, und er, Albert, hielt mit ihnen Schritt. Vor und hinter ihnen waren die entgeisterten Gesichter von Frauen, Kindern, Alten zu sehen. Wer war es, der dies aufgenommen und damit dieses Bild verewigt hatte, das Albert nicht aus seinem Gedächtnis löschen konnte? Albert Weisz sah noch einmal bestätigt, wovon er, seit er denken konnte, überzeugt war: Nichts von dem, was irgendwo geschieht, verschwindet, auf die eine oder andere Weise bleibt alles für immer aufgezeichnet.

Er sah sich selbst, wie er durch die verschneiten Felder irrt, sah Johann und Ingrid, die Todesinsel...Die Szenen huschten schnell vorüber, vertraute Bilder, die er in sich und nur für sich aufbewahrt hatte, wechselten einander ab. Er sah, wie er durch verbrannte Dörfer geht, sich im Wald versteckt, zu essen bekommt von Leuten, die sich des zerlumpten Buben erbarmen. Eines Buben, der keine Antwort gibt auf Fragen, eines alleingelassenen Geschöpfs voller Hass, Angst und Verzweiflung. Danach war er in einem Waisenhaus mit hunderten anderer Buben, ebenso verwildert wie er. Es folgte die Flucht aus diesem düsteren Heim, das lange Gehen entlang der Gleise in der Hoffnung, eine Spur von seinen Eltern zu finden. Er schaute, wie die Züge kommen, vorbeifahren, abfahren. Er sah sein schwieriges und mühevolles Heranwachsen, das Kinderheim, in dem er Worte von sich gibt, zunächst stammelnd, dann laut und zornig, als ein Ungebändigter, nirgends Hingehörender. Rasch folgte ein Bild dem anderen, aber Albert wusste jedes unfehlbar einzuordnen, denn es ist sein Leben. Und schließlich sah er sich selbst, als reifen Menschen, auf dem Schirm, diesem machtvollen Spiegel. Alleine stand er da, vor dem eigenen Bild der Hilflosigkeit.

Das Erinnern kann großen Schmerz bereiten. Das ist jener Schmerz, den Albert schon lange in sich trägt, ein Schmerz, der seinen ganzen Körper durchdringt, der ihn ausfüllt, der nicht vergeht, der mit der Zeit immer gegenwärtiger wird.

Albert stand vor dem Bildschirm, das, was er jetzt angeschaut hatte, sah er schon so viele Male, im Traum und im Wachen, es ist das, was sein ganzes Leben kennzeichnet. Und nun wird dieser Schmerz, der Schmerz des

Erinnerns, von einer Kamera aufgezeichnet und hier, im Herzen New Yorks, ausgestrahlt, in diesem gespenstischen Raum mit dem Monitor, der sich alles merkt. Er drückte den Knopf zum Ausschalten, der Bildschirm verstrahlte wieder sein Flimmerlicht, und das Bild war weg.

Er blickte um sich, und da bemerkte er zum ersten Mal, dass es noch eine Tür gab. Über dieser Tür stand: *Raum des Vergessens.* Er zögerte ein wenig, dann entschloss er sich, hineinzugehen. Ganz wenig nur bewegte er die Tür, und sie tat sich weit auf. Er befand sich in dem anderen Raum.

Eine große Tafel mit Hinweisen in englischer Sprache hing hängt an der Wand. Albert buchstabiert im Kopf den Text und übersetzte ihn ins Serbische.

Es gibt zahllose Arten, das Vergessen zu erreichen. Auf Regalen entlang der Wand sind verschiedene Sorten von Tabletten mit ihren lateinischen Bezeichnungen, frische und getrocknete Kräuter, welche bei richtiger Anwendung das Vergessen herbeiführen, verschiedenfarbige Lichter, welche die Gehirnwindungen beeinflussen und alle Spuren von Erinnerung und Gedächtnis beseitigen. Das Auslöschen ist einfach und das Erreichen des Vergessens vollständig, garantiert.

Für einen Augenblick dachte Albert daran, welche Erleichterung es wäre, diesen tiefen, ständig gegenwärtigen Schmerz auszutilgen, der nicht da wäre, gäbe es nicht die Erinnerung an all das Düstere, Beunruhigende und Furchtbare, das den größten Teil seines Lebens ausmacht. Jedoch, was täte er ohne das, ohne den ihn tief durchdringenden Schmerz? In ihm ist die Erinnerung an den Vater, die Mutter, an Elijah aufbewahrt. Dieser Schmerz ist all das, was er selbst ist, ohne diesen Schmerz existiert er, Albert Weisz, nicht. Und es existieren auch die nicht, an denen ihm am meisten gelegen ist.

Es überkam ihn eine Mattigkeit, er konnte sich kaum auf den Beinen halten. Dennoch fand er noch genügend Kraft, in die frische New Yorker Luft hinauszutreten. Eine Zeit lang wankte er wie ein Betrunkener, er musste sich an den Mauern festhalten. In der Ferne erblickte er unverhofft die Lichter seines Hotels. Er folgte den Lichtern. Nach zehn Minuten betrat er den Hoteleingang. Der Rezeptionist blickte ihn kaum an.

Er verspürte Müdigkeit und das Bedürfnis nach Schlaf. Aber nicht nach einem Schlaf, der Vergessen bringt.

Zwölftes Kapitel

Ein Kind der Gewalt

Schon mehrfach hat Uriel Kohn versucht, seine Lebensgeschichte aufzuzeichnen. Über Jahre trägt er das Bedürfnis in sich, alles darüber mitzuteilen, was er von seiner Familie und ihrem Leiden weiß, viele unbekannte Details, die, so war er überzeugt, die Geschichte der Shoah noch ein wenig erhellen würden. Einige Male setzte er sich an seinen Schreibtisch und begann mit der Niederschrift. Vor sich hatte er die Aufzeichnungen seiner Mutter, in denen sie alles beschrieben und dem Vergessen entrissen hatte, in kleiner Schrift eines alten Menschen, nur wenige Tage vor ihrem Tod, sie war schon lange an Angina pectoris erkrankt gewesen. Sie starb im Schlaf während der Nacht, sie ist am Morgen einfach nicht mehr aufgewacht. Uriel fand ihren reglosen, schon kalten Körper vor.

Alles, was er aufgeschrieben hatte, kam ihm so banal, schon hundertfach erzählt vor. Gut möglich, dass alles, was er als sein Leben betrachtete, nichts als eine große, riesige Lüge war, oder vielleicht ein einziges unentwirrbares Knäuel von einander widersprechenden Erinnerungen. Etwas, das eine unablässige, mit nichts Konkretem zusammenhängende Bangigkeit hervorruft, ein tief im Alltäglichen verwurzeltes Unbehagen. Von frühester Kindheit an verfolgte ihn der Gedanke, dass er plötzlich das Sprachvermögen verlieren und die Wörter zu vergessen beginnen würde, dass die Wörter nach und nach ihre Bedeutung verlieren würden, um sich am Ende in Laute bar jedes Sinnes zu verwandeln. Dieser Gedanke verfolgt ihn auch jetzt, noch heftiger und unabweisbarer. Vieles kann nicht in Worten ausgedrückt werden, die Wörter haben in den allermeisten Fällen jedwede Bedeutung verloren, sind verlogen geworden. Man müsste eine neue Sprache ausdenken, eine reine, unbefleckte, die Klarheit, Tiefe, Kraft haben und geeignet sein würde, die wirklichen Empfindungen auszudrücken. Eine solche Sprache, präzise und kraftvoll, böte den stärksten Schutz vor dem Bösen. *Das Böse ist schrecklich mächtig, fürchterlich mächtig ist es, aber auch selbstzerstörerisch*, vermerkte er in seinem Tagebuch die Worte von Pater Ivan aus Sarajevo.

In der Tat spielte sich das gesamte Leben Uriel Kohns im Schatten des allumfassenden, mächtigen Bösen ab. Der große Kabbalist Isaak Luria sprach von der Heiligkeit der Sünde, von Vertreibung und Sühne, von der schrecklichen inneren Verbannung, von der reinsten Form des Bösen, das besiegt wird, und davon, dass die Welt dergestalt erneuert, aufgerichtet und geordnet wird, sodass jeder Einzelne selbst seine Fehler beseitigt und sich bessert. Das je einzelne Handeln hat universelle Bedeutung.

* * *

Worin besteht das »Judentum«? Wer ist überhaupt Jude? Vor allem derjenige, den die anderen als Juden sehen. Uriel kann sich gut an jenen Tag im Gymnasium erinnern, als in der ersten Stunde der Klassenvorstand, die lange, hagere, fünfzigjährige Olga, das Klassenbuch durchblätterte, um sich mit ihrer Klasse vertraut zu machen, und sie dann plötzlich innehielt, mit dem Finger auf einen Namen zeigte und sagte: »Kinder, wir haben einen Ausländer in der Klasse«. Sie las seinen Namen vor. Alle Augen richteten sich auf Uriel. Und seine Augen füllten sich mit Tränen. Obwohl die Lehrerin sofort ihren Fehler begriff, hat sich diese erste Stunde tief in sein Gedächtnis eingeprägt und ihn gewissermaßen gezeichnet. Bis dahin hatte er keinerlei besonderes Bewusstsein von sich selbst. Von da an war er in gewisser Weise tatsächlich ein Ausländer, obwohl er in diesem Land geboren war, die gleiche Sprache wie alle sprach, das Gleiche wie alle anderen lernte. Doch dieses Versehen der Lehrerin, das eigentlich gar kein Versehen war, bewirkte, dass er mit den feinsten Fasern seiner Sinne spürt, in gewisser Weise eben Ausländer zu sein, Ausländer in seinem Land, Ausländer unter seinen Freunden, »jemand anderer« zu sein. Die Namen seiner Schulfreunde waren normal, natürlich, seinen aber empfand er als fremd, er klang fast unanständig, kein Wunder, dass auch die übrigen Lehrer sich ihn nicht gut merken konnten. Manche riefen ihn Jakob, manche Abraham, wieder andere David, sie verwendeten hauptsächlich diese biblischen, leicht sonderbaren Namen. Ja, anfänglich litt er darunter und vertraute sich niemandem an, nicht einmal der Mutter, doch dann begann er diese, seine unangenehme Besonderheit als etwas Unabänderliches zu akzeptieren, als etwas, das weder gut noch schlecht und ihm einfach gegeben ist so wie alles andere, die Gesichtszüge, die Statur, die Stimmfärbung…Und in ihm machte sich ein Trotz breit, der ihn nach und nach in einen Sonderling verwandelte; das sollte ihm in den späteren Jahren den Freundeskreis beträchtlich einengen und diesen eigentlich auf ein paar Personen reduzieren, die gleichfalls »Fremde« waren. Wenn Uriel irgendwas gelernt hat im Leben, dann etwas, nämlich dass alles möglich ist. Es können die unwahrscheinlichsten Dinge passieren. Über Nacht kann das Leben eine ganz andere Wendung nehmen, es kann großes unvorhergesehenes Unglück geschehen, Katastrophen, die von menschlichem Irrsinn ausgelöst werden oder von etwas außerhalb menschlichen Einflusses. So wird, wenn die Zeit gekommen sein wird, ohne Zweifel auch dieser Planet in einem unvorstellbaren kosmischen Knall untergehen. Was kann denn da das Leben so einer menschlichen Randfigur, eines im eigenen Leben Fremden bedeuten? Aber dennoch lehnt sich Uriel auf, letztendlich erwartet er irgendeine Wiedergutmachung, irgendeine Entschuldigung für all das, was ihm angetan worden ist. Es ist nicht Wunsch nach Rache sondern bloß die Suche nach einer Wiedergutmachung, die eines Tages von irgendwoher kommen muss, sonst bliebe alles ohne jeden Sinn und Zweck, nicht nur sein Leben sondern auch das Leben der anderen, nicht nur seine persönliche Geschichte und die seiner Familie sondern die Geschichte an sich, jene, in der die Historiker immer wieder irgendeine Logik und irgendeinen Sinn suchen. Bewegung, wohin? Hin zur idealen Gesellschaft oder hin zur Apokalypse. Oder hin zum allumfassenden Nichts. Jemand muss schuld sein, jemand muss Verantwortung tragen für all das, was geschehen ist, wenigstens jetzt, nach so vielen Jahren.

Elisa, Uriels Mutter, war 1941, zu Beginn des Krieges, sechzehn Jahre alt. Elisas Eltern, Eugen und Rosa Kohn, sein Großvater und seine Großmutter, waren Ärzte. Gleich nach der Okkupation verloren alle jüdischen Ärzte ihre Arbeit. Juden durften sich nur von Juden behandeln lassen. Es wurden einige jüdische Ambulatorien eingerichtet. Eugen und Rosa fanden in einem Ambulatorium und in der ashkenasischen Synagoge Anstellung. Die Arbeitsbedingungen im Spital waren schwierig, es gab nicht genug Patientenbetten, es fehlte an den nötigsten Medikamenten und an Sanitätsmaterial. Dennoch blieb ihnen mit der Arbeit im Spital all das erspart, wozu ihresgleichen genötigt war: gefährliche und schwere Arbeit in den Trümmern, aus denen die Juden mit bloßen Händen die sich in Verwesung befindlichen Leichen herausziehen mussten. In den Zeitungen sind zwei Fotos einer Gruppe dieser Arbeiter abgebildet, die Binden mit der Aufschrift *Jude* tragen. Die Wachen zwangen sie dazu, aufrecht zwischen ihnen vier Leichen ohne Kopf zu halten. Auf dem zweiten Bild ist die feierliche Beerdigung eines aus den Trümmern hervorgeholten Hundes zu sehen, die von den anwesenden Juden nach jüdischem Brauch vorgenommen wird. Das war der sarkastische Humor der neuen Zeit, der neuen Herrschaft. Bald folgten täglich auf den ersten Zeitungsseiten Berichte über Erschießungen. So gut wie jeden Tag wurden neue antijüdische Anordnungen kundgemacht. Den Juden ist der Besuch von Theatern, Kinos und andern Vergnügungs- und Unterhaltungsstätten verboten. Die Benützung der Straßenbahn ist ihnen verboten. Auf Beschluss des Militärkommandanten mussten sie unter Androhung strengster Strafen alle Radioapparate abgeben. Immer häufiger kam es auf den Straßen zu Misshandlungen jener Passanten, welche die gelbe Binde trugen. Ende Sommer begannen die Massenverhaftungen von Männern über vierzehn Jahren. Mehrfach drangen die Okkupanten mit Hilfe der heimischen Sonderpolizei auch in Spitäler ein und führten Alte und Kranke ab. Man wusste weder wohin sie weggebracht wurden noch aus welchem Grund. Erst viel später erfuhr man vom ersten jüdischen Todeslager, den Topovske Šupe, in dem der Großteil der jüdischen männlichen Bevölkerung Belgrads liquidiert wurde. Eugen und Rosa haben, wie andere auch, dieses und jenes gehört, aber es waren unzusammenhängende Geschichten voll von so grässlichen Details, dass sie es nicht glauben mochten.

Anfang Dezember verteilten die Nedi –Gendarmen in den jüdischen Häusern einen Befehl, wonach sich alle verbliebenen Juden bei der Sonderpolizei für Juden in der George-Washington-Straße zu melden haben. In der Aufforderung stand geschrieben, dass jeder nur so viel Gepäck und Bettwäsche mitnehmen dürfe, wie er selbst tragen könne. Die Wohnungen seien beim Verlassen abzuschließen, die Wohnungs- und Kellerschlüssel samt Beschriftung mit Namen und genauer Adresse bei Erscheinen auf der Polizei abzugeben. Es sei Geschirr, eine Decke und Essen für einen Tag mitzunehmen. In der Anordnung stand weiters, dass strengstens bestraft würde, wer sich der Meldung entzieht.

An einem sehr kalten Dezembertag trafen Frauen, Alte und Kinder aus allen Teilen Belgrads ein. Im Hof des Gebäudes der Sonderpolizei für Juden wartete man in Schlangen auf die Erledigung der Formalitäten. Nach diesen Formalitäten und der Registrierung ging es auf offenen Lastwägen ab zum Messegelände. Der Transport führte über eine schmale Pontonbrücke ans andere Ufer der Save, die anstelle der zerstörten großen Kettenbrücke errichtet worden war.

Das Lager am Messegelände war von einem vierfachen Stacheldrahtzaun umgeben und die Isolation der Inhaftierten so vollständig, dass jegliche Verbindung mit der Außenwelt verhindert wurde. Die Briefe, die auf irgendwelchen geheimen und unbekannten Wegen hinausgeschmuggelt wurden, zeugten von den schrecklichen Lebensbedingungen, von Hunger und Kälte und vom

Sterben einer immer größeren Zahl von Kindern und Alten. Man konnte die Wahrheit über das Lager nicht verbergen, und die wenigen Juden, die wegen der Art ihrer Arbeit außerhalb des Lagers verblieben, erwarteten mit Bangen jeden neuen Tag. Die Arbeitsbedingungen im jüdischen Spital wurden immer unerträglicher. Die Kranken wurden in den Gängen untergebracht, im offenen Erdgeschoß, ja im Hof. Der Winter dieses ersten Kriegsjahres war einer der kältesten. Die Save war zugefroren. Die Belgrader bekamen jeden Tag zu sehen, wie vom Messegelände über die zugefrorene Save notdürftig zusammengezimmerte Holzsärge mit den verstorbenen Lagerinsassen Richtung Stadt getragen wurden.

Eugen und Rosa beschlossen letztendlich, Elisa nicht mehr in die Schule zu schicken. Es kam vor, dass Gendarmen in die Klassenräume eindrangen, Schüler jüdischer Herkunft abführten und den deutschen Okkupanten übergaben. Im Erdgeschoss ihres Wohnhauses in der Kosmajska Straße wohnte der Hausmeister Sima Andjus mit seiner kranken, gehunfähigen Frau. Das Ehepaar Kohn vereinbarte mit dem Hausmeister, dass er in ihrer Abwesenheit auf Elisa schauen, ihr zu Essen bringen, sie besuchen und im Fall einer Gefahr beschützen solle. Aber sie mussten auch den Tag bedenken, an dem man das Spital auflassen würde. Hatte es ihnen Anfang Herbst noch geschienen, dass sich die Lage mit der Zeit bessern würde, so gab es jetzt keinen Anlass mehr zu Optimismus. Sie überlegten hin und her, was am besten zu tun wäre. Eugen sprach im Vertrauen mit dem Hausmeister. Sie kamen überein, einen abgeschiedenen Raum im Keller herzurichten. Sie kauften das Nötigste an Möbeln, ein Bett, einen Tisch, Stühle. In einer Ecke befand sich ein

Regal für ein paar Bücher. Es gab auch ein kleines Fenster, das man zum Lichtschacht öffnen konnte – gerade genug für ein wenig Frischluft. Die Zugangstür zu diesem Teil des Kellers war gut getarnt, sodass sie nur öffnen konnte, wer wusste, wo sie sich befand. Die Dienste des Hausmeisters wurden mit Familienschmuck vergütet. Obwohl alles so gemacht war, dass das Geheimnis des Raumes sicher nicht zu entdecken war, bestand dennoch ein Risiko. Für das Verstecken von Juden drohte die Todesstrafe. Die mit dem Hausmeister Andjus getroffene Abmachung schien ihnen sicher und verlässlich. Sie kannten ihn schon seit Jahren, er zeigte gegenüber Elisa eine fürsorgliche, fast elternhafte Aufmerksamkeit, kannte sie schon von ihrer Geburt an, und die Kohns haben ihn in jenen früheren, friedlichen Jahren, ja, wo es möglich war, auch jetzt noch, mit den notwendigen Medikamenten für seine schwer kranke, gehunfähige Frau versorgt. So vergingen die Wintertage in ständigem Bangen.

Neujahr 1942 begingen sie bescheiden in ihrer Wohnung im vierten Stock. Andjus brachte eine Flasche Schnaps, Eier und Würste von seinen Verwandten am Land. Die kürzlich geschlossene Verbündung, eine richtige Verschwörung des Schweigens, hat sie aneinander gebunden. Alle fragten sich besorgt, was das neue Jahr wohl bringen würde.

Elisa gewöhnte sich an die Einsamkeit. Sie lernte alleine aus den Schulbüchern, träumte von einem normalen Leben und hoffte beständig, dass ihre Isolation eines Tages ein Ende finden würde. Die Wintertage hatten sich schwer und drückend aneinandergereiht, es nahte der Frühling, der viele Misslichkeiten beseitigen würde.

Der Hausmeister Andjus hat über einen Bekannten in der Sonderpolizei für Juden vom tragischen Ende von Rosa und Eugen Kohn erfahren.

Nachdem Andjus Elisa ins Versteck geführt hatte, kehrte er in die Wohnung der Kohns im vierten Stock zurück. Er sammelte alles Wertvolle, das er finden konnte, zusammen, darunter auch eine Schachtel mit einem Ring, einer Perlenkette und einem Beutel mit Goldmünzen. Er wusste, dass bald die Gestapo oder die Polizei kommen und die Wohnung versiegeln würde, und da dachte er sich, dass es wohl besser ist, er nimmt es, anstatt es ihnen zu lassen. In seiner Berechnung war das ganz und gar berechtigt, denn die Obhut und Versorgung der Tochter der Kohns hat einen hohen Preis.

So begann Elisas langes Ausgeliefertsein. Sie war vollkommen vom Hausmeister abhängig. Er kam frühmorgens und abends, brachte zu essen und erfundene Mitteilungen von ihren Eltern. Elisa weinte sich die Augen aus. In den ersten Tagen hielt sich der Hausmeister nicht lange im Geheimversteck auf. Er fühlte sich nicht wohl in der Gesellschaft des Mädchens, sie erwartete von ihm neue Nachrichten von den Eltern, er konnte aber nicht immer die gleiche Geschichte erzählen. Bald jedoch wurden diese Besuche ein wichtiger Teil des Tages – wenigstens lenkten sie ihn für kurz von seinem Unglück ab, von seiner Frau, die nicht gehen konnte und immer stärker litt. Er bemerkte, wie Elisa mit der Zeit ungeduldig seine Besuche erwartete. Er war das einzige menschliche Wesen, mit dem sie reden konnte, von ihm erfuhr sie, was draußen geschieht. Und indem er ihr Trost brachte, fühlte er eine Genugtuung, dass ihn jemand anhört und er jemandem etwas bedeutet. Gleichzeitig wuchs in ihm, zunächst unmerklich, dann aber immer deutlicher, der Wunsch, Elisa möglichst nahe zu kommen, eine Leidenschaft, vielleicht sogar Begierde, etwas, das er sich selbst schwer erklären konnte. Ihre Hilflosigkeit stieß in anfangs ab, aber dann begann sie ihn krankhaft anzuziehen. Er war für sie tatsächlich Herr über Leben und Tod. Was ihn am Anfang schreckte, befreite ihn jetzt von aller Verantwortung, von aller Zurückhaltung. Er begann, Elisa wie ein Ding, wie einen Gegenstand in seinem unbeschränkten Eigentum zu betrachten. Gleichzeitig betörte ihn ihre Jugend, zog ihn an, und zum ersten Mal sah er in ihr eine Frau, eine anziehende Frau, so ganz verschieden von jener Missgestalt, die seine schwer kranke, gehunfähige, einem menschlichen Wesen schon nicht mehr ähnelnde Ehefrau war. Er fühlte für Elisa etwas, was er sich lange nicht eingestehen wollte – eine kranke, verquere Liebe, in der Grobheit und Zärtlichkeit vermischt waren. Als er sie das erste Mal an der Hand berührte, und als er ihr mit einem Taschentuch die verweinten Augen abwischte, erzitterte er ob der Berührung mit der zarten, warmen Frauenhaut. Und sie, verzweifelt trostbedürftig, schmiegte sich an ihn. Sie ahnte nicht, was ihre Berührung für einen starken, rohen Mann bedeutete, denn sie empfand nur einen tiefen, immer stärker werdenden Schmerz wegen der schrecklichen Einsamkeit, in der sie lebte, und wegen der Ungewissheit über das Schicksal ihrer Eltern. Sie hatte keine Kraft sich zu wehren, als er eines Abends wie ein Tier über sie herfiel, sie zu Boden stieß und vergewaltigte. Von da an kam er jeden Abend, um sie wortlos niederzustoßen, wobei er ihr dabei die Kleider zerriss. Ihre anfängliche Hilflosigkeit und Fassungslosigkeit wandelten sich in Wut, und da sie zu schwach war, sich ihm zu entwinden, biss und kratzte sie ihn, bis seine Hände bluteten; er zahlte es mir mit Ohrfeigen und Faustschlägen zurück. Dem Nervenzusammenbruch und Wahnsinn nahe, akzeptierte sie schließlich diese schmachvolle, erniedrigende Rolle als Opfer. Es gab niemanden, der ihr helfen konnte, sie war gänzlich schutzlos. Elisas gesamtes Leben war auf tiefes physisches und psychisches Leiden beschränkt, auf vier Kellerwände und ein Dasein in Dunkel und Gewalt.

Uriel wurde Ende 1942 geboren. Sie gab ihm den Namen nach ihrem Großvater, der Kantor in der Belgrader Synagoge war. Mit ihren Zähnen hat sie die Nabelschnur durchtrennt. Zuerst wollte sie dieses kleine Geschöpf ersticken, das hervorgegangen war aus Gewalt, ein Kind des Hasses und nicht der Liebe, doch dann drückte sie es an sich und verwehrte es Andjus, ihm nahezukommen. Der gewalttätige Hausmeister war außer sich, er versuchte, sie zu überreden, sich des Kindes zu entledigen. Elisa kannte ihn mittlerweile schon sehr gut. Er war zwar gewalttätig, aber auch schwach. Sie hörte auf, seinen Drohungen Aufmerksamkeit zu schenken. Und dann begann er mit der Zeit sich zu ändern. Er versuchte, sie sich gewogen zu machen. Im Gesicht des Buben gewahrte er Züge, die seinen ähnelten. Elisa indes verschloss sich vollkommen. Er existierte nicht mehr für sie. Der kleine Uriel wuchs in einer Atmosphäre des Hasses auf, ohne Tageslicht, er lernte zu krabbeln und kroch in diesem Kellerverlies herum, in diesem beengten Gewölbe voller Unfreiheit, das seine Welt ausmachte. Aber war etwa die Welt draußen frei? Für sie und den kleinen Uriel hätte ein Entkommen hinaus Deportation in irgendein Todeslager bedeutet. Elisa hat oft darüber nachgedacht: Der Tod konnte Befreiung sein von einem schrecklichen, erniedrigenden

Sklavenleben. Doch mit der Geburt des Sohnes rückten solche Gedanken in die Ferne. Jetzt träumte sie immer wieder davon, wie dieses Kindchen, das sie in ihren Händen hält und das einmal groß werden wird, zu einem Rächer heranwächst, der für all das jetzige Leiden einen hohen Preis einfordern wird. Und dieser Gedanke an Rache nistete sich in ihrem Kopf fest und half ihr so, durchzuhalten und nicht aufzugeben.

* * *

Der kleine Uriel sah das Tageslicht erst, als er schon drei Jahre alt war. Man könnte im allegorischen, aber auch im buchstäblichen Sinn sagen, dass er aus seinem Halbdunkel ans Licht gekrochen ist. Alles glich einem Riesenwunder: die Straßen, die hohen Gebäude, die vielen Menschen, der Himmel, die Wolken, die Sonne – all das, von dem er bis dahin nicht wusste, dass es existierte. Unsicher, sich am Rocksaum der Mutter festhaltend, ging er auf seinen rachitischen Beinchen. Elisa nützte einen Augenblick der Unachtsamkeit ihres Bewachers, der vergessen hatte, die Tür zu ihrem Verließ abzusperren. Er war in Furcht und Verwirrung gewesen, schon zehn Tage lang dröhnte es von Kanonen, Maschinengewehrsalven und einzelnen Schusswechseln. Die Welt hatte sich noch einmal gewendet. Andjus war verschwunden. Später fand man in seiner Wohnung in einem der Betten den halbverwesten Leichnam seiner Frau.

Elisa kehrte in die Wohnung im vierten Stock zurück. Sie kehrte mit ihrem Bastard zurück, dem Buben, den sie liebte und den sie hasste. Die Nachbarn mieden das ehedem wohlerzogene, hübsche Mädchen, das sich in ein paar Jahren vollkommen verändert hatte, physisch und psychisch. Sie war jetzt schroff, unfreundlich, in ihrem Verhalten war etwas Abweisendes. Ihr Gesicht war grobschlächtig, sie hatte dunkle Ringe unter den Augen und einen erloschenen Blick, in ein und demselben Körper befanden sich jetzt ein wahnsinnig gewordenes Mädchen und ein müdes altes Weib.

Das war genau jener angsteinflößende Wahnsinn, vor dem es der sogenannten normalen Welt so graut und den sie so fürchtet. Wer konnte schon wissen, welche Hölle sie durchlebt hatte? Ihr Zustand verschlechterte sich noch weiter, als sie vom tragischen Ende ihrer Eltern erfuhr und von der fürchterlichen Wahrheit, dass all ihre nahen und fernen Verwandten umgekommen sind. Für einige Monate lang verlor sie die Fähigkeit zu sprechen, sie stammelte nur, ihre Hände bebten und so jagte sie auch ihrem ungewünschten Kind Angst ein. Und nach diesen paar Monaten zog sie sich endgültig ganz in sich zurück, in eine immer sichtbarere Entfremdung, die nicht mehr wie etwas Vorübergehendes war, sondern wie ein langanhaltender, zermürbender Zustand unverhüllten Leidens. Sie hat Uriel bis zuletzt nicht eröffnet, wer sein Vater ist und was mit ihm passiert ist. Als er älter wurde, ahnte er, dass sich hinter all dem ein dunkles Geheimnis verberge.

Eines Tages, es war im Mai 1952, klopfte jemand an ihre Wohnungstür. Uriel machte auf. Vor ihm stand ein völlig zerlumpter Mensch mit langem Bart. Als er Uriel erblickte, versuchte er etwas zu sagen, aber Tränen erstickten ihm die Stimme. Hinter Uriel tauchte Elisa auf. Für einen Augenblick blieb sie wortlos stehen, aber dann begann sie zu schreien:

– Verschwinde! Wie wagst du es, hierherzukommen?

Sie schob Uriel zurück in die Wohnung und schlug die Tür zu. Sie bebte am ganzen Körper und drückte Uriel fest an ihre Brust. Damals ahnte er, ohne dafür irgendeinen Hinweis zu haben, dass das Auftauchen dieses Sandlers etwas mit seinem Vater zu tun haben könnte. Er hat die Mutter nie danach befragt, und auch sie hat ihm nichts über diese Begegnung gesagt.

Das war also Uriels frühe Kindheit, zugebracht in einer Atmosphäre, die gekennzeichnet war von verdrängtem Unglück, einer geheimnisvollen Vergangenheit und, man kann durchaus sagen, einer psychischen Störung der Mutter.

* * *

Wann und wie ist Uriel zum Juden geworden? Diese Frage hat sich später, viel später Uriel, oder Uri, wie ihn seine wenigen Freunde nannten, selbst oft gestellt. Die Mutter hat das Judentum nie erwähnt, noch ist sie von ihren tragisch umgekommenen Eltern im Geist der jüdischen Tradition erzogen worden. Sie gingen mit ihr nicht in die Synagoge, alles in allem waren sie, wie sie auch selbst von sich glaubten, mehr Serben als Juden. Sie sahen sich selbst als Assimilierte, als Serben »Mosaischen Glaubens«. Und auch dieser »Mosaische Glaube« war mehr eine Art unumgängliche Bezeichnung eines Unterschiedes, den es gegeben hatte und der sich jetzt verwischte, als ein echtes Bekenntnis oder eine Glaubensbezeichnung. Der Antisemitismus, der sich da und dort zeigte, hat sie nicht betroffen, das war das Problem der Antisemiten, nicht ihres. Sie hatten das Ladino und das Jiddisch, das in den früheren Generationen noch gesprochen wurde, vergessen, und die Erinnerungen an die Vergangenheit waren sehr nebulös, verschwunden und versunken in den Tiefen vergangener Zeiten. Es verschwand sogar die Solidarität mit den Juden, die aus einigen europäischen Ländern vor Verfolgung fliehen mussten. Eugen und Rosa haben Palästina nie als ihre Heimat gesehen, es wäre ihnen nicht in den Kopf gekommen, zionistische Ideen zu unterstützen. Sie waren einfach davon überzeugt, hundertprozentige Serben geworden zu sein. Dass sie gleich zu Beginn der Okkupation als Juden gekennzeichnet und zwangsweise zur Arbeit im jüdischen Spital zugewiesen wurden, war für sie ein echter Schock und ein großes Missverständnis. Ihr nicht existierendes, verschwundenes Judentum wurde ihnen wie ein Strick um den Hals gehängt. Von neuem und trotz alledem wurden sie zu Juden, weil andere sie als Juden sahen. Am Ende haben sie es mit ihrem Leben bezahlt.

Uriel war nur deshalb Jude, weil andere ihn als Juden sahen. Nicht, weil Elisa ihn so erzogen hätte, ganz im Gegenteil. Sie empfand Wut und Hass gegenüber ihrer Herkunft. Diese Zugehörigkeit, die Zugehörigkeit zu einem verfluchten Volk, war die Ursache für all ihr Leiden und ihre großen Probleme, sie hat ihr die Eltern genommen und war eine Gefahr für ihr Kind. Ein Kind, das ihre Strafe war, ihr unzertrennliches Band mit der schrecklichen Vergangenheit, aber auch ihre tiefste Liebe.

Tinnitus

Doktor Edo Pilsel beendete die Untersuchung.

– Herr Albert, mit Ihren Ohren ist alles in Ordnung. Dieses Geräusch kommt nicht von außen. Es ist in Ihnen.

Tief in Ihnen drinnen, dahin kann kein Arzt vordringen. Jeder Fünfte hat ein Problem mit dem *Tinnitus*. *Tinnitus* ist keine Krankheit. Das ist ein Zustand. An dieses Geräusch eines fahrenden Zuges, seiner ratternden Räder, müssen Sie sich gewöhnen. Wenn es Ihnen ein Trost ist, in meine Ordination kommen Leute, die das Rauschen eines Wasserfalles hören, Donnergrollen, Sirenengeheul. Ein fahrender Zug? Nehmen Sie das als etwas Unabänderliches an, als etwas, mit dem Sie leben müssen.

– Nein, Herr Doktor, das kann ich nicht. Für mich ist dieses Geräusch das schrecklichste von allen. Ein Geräusch, an das ich mich nicht gewöhnen kann.

Zeitungsmeldung

Ermittlung wegen Bildern die mit der Asche von Lageropfern gemalt worden sind.

WARSCHAU, 7. Dezember 2012. – Die polnische Staatsanwaltschaft hat gemeinsam mit der schwedischen Polizei eine Ermittlung gegen den schwedischen Künstler Carl Michael von Hausswolff durchgeführt, der Bilder ausstellte, die er mit der Asche von Opfern des deutschen Konzentrationslagers Majdanek gemalt hat, welches sich im Zweiten Weltkrieg im Osten des besetzten Polen befand.

In der schwedischen Stadt Lund wurde Anfang Dezember in einer privaten Galerie eine Ausstellung mit Aquarellen des umstrittenen Malers und Komponisten eröffnet. Er hat sie mit Wasserfarben gemalt, in welche die Asche von Juden gemischt wurde, die die Nazis in Majdanek liquidiert hatten.

– Bei einem Besuch im Jahr 1989 nahm ich ein wenig Asche aus dem Ofen des Krematoriums. Damals habe ich sie nicht für die Ausstellung verwendet. Sie hatte zu viel von der Grausamkeit jener Zeit in sich. Vor zwei Jahren habe ich die Schachtel mit der Asche genommen und mich entschlossen, etwas mit ihr zu machen. Es entstanden Figuren, so als ob die Asche eine Energie in sich trüge, die Erinnerungen und Seelen der gequälten, misshandelten und ermordeten Menschen – sagte der schwedische Künstler über seine Aquarelle.

Die Ausstellung rief Proteste in Schweden und Polen hervor, das Museum des ehemaligen KZ Majdanek verglich eine derartige Schändung der sterblichen Überreste der Opfer mit dem Diebstahl der Aufschrift »Arbeit macht frei« auf dem Tor der größten Todesfabrik der Nazis, des Lagers Auschwitz im Süden Polens.

Dreizehntes Kapitel

Emil Neufeld enthüllt an seinem neunzigsten Geburtstag, dass Gedächtnis schrecklicher ist als Vergessen.

Vieles, was in meinem Leben passierte, hätte ich gerne vergessen. Aber es ist nicht möglich. Ein Kabbalist hat geschrieben: »*Wir sind Gottes Gedächtnis.*«

Gedächtnis ist schrecklicher als jedes Vergessen.

Davon habe ich noch nie jemandem erzählt.

In Auschwitz war ich Teil der »Himmelsabteilung«, der »schwarzen Raben«, des Sonderkommandos, wie man uns nannte.

Nachdem die Opfer vergast worden waren, kamen wir von der »Himmelsabteilung«, wir entfernten ihnen die Goldzähne und luden sie dann auf Wagen, um sie zu den Verbrennungsöfen zu bringen. Danach trugen wir die Asche in Säcken zum Abfallhaufen.

Nach einer gewissen Zeit empfand ich kein Mitleid mehr, sondern einzig Scham und Schuld.

Ich spreche darüber zum ersten Mal. Viele Jahre sind vergangen, aber diese Bilder des Grauens sind unmöglich zu vergessen. Es ist unmöglich, etwas zu verdrängen, das für immer Teil meiner selbst geworden ist.

Worüber ich auch heute immer wieder nachdenke, ist: Wie ist das alles mit uns geschehen? Bevor es geschah, konnten wir nicht glauben, dass so etwas möglich wäre. Und als es geschah, begannen wir, uns an dieses Böse zu gewöhnen, das uns lähmte, alle Kraft – außer der zu über-leben – nahm, und all das, was wir einst für wahnsinnig, unannehmbar, unmöglich hielten, wurde annehmbar und möglich, denn das war unsere einzige Realität. Und vor dieser Realität konnte man nicht davonlaufen, jede andere Realität war weggenommen und inexistent.

Wir sahen das Böse, das ein Gesicht hatte: das Gesicht der Gestapo-Leute. Das Böse existiert erst dann, wenn es ein Gesicht hat. Wenn es sich materialisiert und zur absoluten Macht wird, zu zermalmen und zu vernichten. Die Folter brennt sich in die Seelen der Opfer ein, es gibt nichts außer der Folter. Sie ist die einzige Realität. Und auch das Wissen um die Existenz des Bösen bereitet Schmerz, moralischen und psychischen ebenso wie physischen.

Wir alle, die wir das durchgemacht haben, die Wenigen, die überlebt haben, konnten uns nie mehr von der Erniedrigung und der Angst befreien, das Leben war kein Leben mehr, es hatte seinen Sinn verloren. Wenn der Glaube verloren geht, wenn die Hoffnung verloren geht, verwandelt sich alles in eine große Unordnung, in eine Verwirrung, die dem Wahnsinn und der Depression nahekommt. Im Lager haben die Menschen nicht Selbstmord begangen, sondern nach dem Lager, da sie begriffen, dass sie sich von der Vergangenheit nicht befreien können. Wenn es sich einmal eingewurzelt hat, dann breitet sich das Böse auf alles aus, erfasst alle, die Gerechten wie die Ungerechten, Opfer wie Henker. Es verändert und entstellt alle.

Der innere Verfall führt zum Verlust jeglichen Sinns.

Die Existenz des Bösen kann nur leugnen, wer es nicht erlebt hat, wer nicht sein unverhülltes Gesicht gesehen hat. *Das Lager ist eine monströse Maschinerie zur Produktion von Tieren*, schrieb der Lagerhäftling Primo Levi.

Was fehlt uns bei all dem, was wir durchlebt haben? Etwas sehr Wichtiges, etwas wonach wir alle suchen, vergeblich suchen. Es fehlt der Sinn unseres Leidens. Das Böse nimmt eben allem, an das es rührt, seinen Sinn.

Vierzehntes Kapitel

Brief über den Selbsthass

Lieber, verehrter Uriel,
Das, was Sie quält und in Unruhe versetzt, das Gefühl,
sich selbst zu hassen, ist mir gut vertraut.

Der Selbsthass ist, wenn wir ganz ehrlich sein wollen,
in Wirklichkeit ein typisches jüdisches Syndrom. Dieses
unübliche und ungewöhnliche Verhalten zeigt sich in den
Bestrebungen gesellschaftlicher Außenseiter, die Last des
»Anderssein« abzuwerfen und sich aus diesem oft unerträglichen Zustand zu befreien, in dem sie sich gegen ihren
Willen und hauptsächlich dank der von der Mehrheit
übernommenen Stereotype befinden. Das aber ist schwer,
ja so gut wie unmöglich, denn die privilegierte Mehrheit
akzeptiert keine Veränderung der eingefahrenen Stereotype. Namensänderung, Verhaltensanpassung, Verleugnung der kulturellen und nationalen Zugehörigkeit, des
sozialen Ranges – alles vergebens, Außenseiter bleibt
Außenseiter. Wer sich so am Rande des gesellschaftlichen
Lebens befindet und es trotz all seiner Bemühungen und
Konzessionen, die bis zur Verleugnung der eigenen inner-
sten Identität gehen, nicht schafft, ein gleichberechtigtes
Mitglied der Gemeinschaft zu werden, kehrt seine Unzu-
friedenheit, seine Verzweiflung in Selbsthass. In sich
selbst, in seiner minoritären Gruppe sucht und findet er
die Hauptschuld an der Unmöglichkeit einer echten und
vollständigen Assimilierung. So kommt es zu solchen
verrückten Situationen, dass Juden zu Antisemiten und
Juden zu Nazis werden. Diesen abartigen pathologischen
Zustand findet man heute auch im Verhalten anderer

minoritärer Gruppen, überall dort, wo es keine echte Gleichheit und keine Achtung vor der Unterschiedlichkeit gibt.

Als weiterführende Lektüre empfehle ich Ihnen Brochs umfangreichen Essay über Hofmannsthal und seine Zeit, den Essay Isaiah Berlins über Moses Hess und die Studie des Autors Sander Gilman, *Jüdischer Selbsthaß(Antisemitismus und die verborgene Sprache der Juden)*.

Mit Hochachtung und den allerbesten Wünschen, immer zu Ihren Diensten,

Ihr Emil Neufeld

P.S. Insofern uns die Gesellschaft ausgestoßen oder nicht aufgenommen hat, kennen wir alle dieses Gefühl des Selbsthasses. Wir möchten so wie alle anderen sein, aber man erlaubt es uns nicht, wir unterscheiden uns durch den Glauben, oder durch die Augenfarbe.

Was bleibt uns übrig, als uns selbst zu hassen, jenen Teil von uns, der diesen Unterschied ausmacht.

Verehrter Uriel,
Ich habe das Bedürfnis, die Antwort auf Ihre Frage zu ergänzen.

Ich beginne mit einem Zitat von Jan Assmann: *Alle vierzig Jahre einer Epoche wird im kollektiven Gedächtnis die Vergangenheit neu interpretiert, und so spricht man heute vom größten Verbrechen unserer Zeit mit weniger Ängsten, es finden sich andere, »größere« Gefahren. Die Zeitzeugen verschwinden, die gelernten Lektionen hören auf, lebendig und inspirativ zu sein, die Medien, und oft auch die Historiker, folgen der Mode oder dem Diktat der Politiker, und so wird aus der Gegenwart heraus, wie Eric Hobsbawm schrieb, das Vergangene »korrigiert«.*

Wie viele gibt es noch von uns, Herr Uriel, die Zeugen einer der schrecklichsten Epochen in der Geschichte der Menschheit sind? Wir sind nur noch eine Handvoll, und mit jedem Tag werden wir weniger. Mein Ende ist ganz nahe, die Scham wird mich so wie jenen Helden Kafkas überdauern, der schuld ist ohne jegliche Schuld.

Sie gehören einer anderen Generation an, der Generation unserer Kinder, unserer Söhne und Töchter, unserer Enkel, die von dem Ganzen kaum etwas wissen, nur aus Erzählungen, die nicht annähernd die Realität des Grauens beschreiben können, in der wir gelebt haben. Man brauchte eine Sprache, die es nicht gibt, um diese Wahrheit auf angemessene Weise zu beschreiben. Das sind nicht meine Worte, sondern die Worte Primo Levis und Jean Amerys. Sie haben darüber geschrieben und Selbstmord begangen.

Vor kurzem hat sich auch Solomon Levi umgebracht, der davon besessen war, auf einzigartige, unwiederholbare Weise die wahre Natur des Bösen zu erforschen und zu beschreiben, etwas zu machen, was noch nie jemand gemacht hat, und sich in dieses düstere Abenteuer zu stürzen. Er sammelte eine Unmenge von Material, aber glauben Sie mir aufs Wort, angefangen vom biblischen Hiob bis auf unsere heutigen Tage hört man nur Schreie der Verzweiflung, doch es gibt keine Antwort. Was ist das Böse, als Begriff, als Gedanke, als Leben? Es gibt Zeiten und Orte, wo es mit Händen zu greifen, wo sein Eiseshauch zu spüren ist, wo es sich materialisiert. Aber niemand, wirklich niemand, brachte es zuwege, es gut und richtig zu definieren. Es gibt so viel Böses um uns und in uns, und so wenig befriedigende Beschreibungen und Antworten. Das Böse zeigt und manifestiert sich auf vielfältigste

Weise, tritt in zahllosen Varianten in Erscheinung, aber niemand vermochte sein Wesen, seine Ursache und den Sinn seines Bestehens vollständig zu erfassen. Ich suchte auch in Büchern, die dieses Dilemma zu lösen trachteten, nach Antwort. Und wissen Sie, was die häufigste Antwort war? Dass das Böse nicht etwas Bestimmtes ist, das es kein eigenes Wesen hat. Und dass anstelle der Frage »Was ist das Böse?« die Frage »Warum geschieht Böses?« treten müsse. Ich begann mich davon überzeugen zu lassen, doch diese Überzeugung verwandelte sich in den Beweis, dass es eine Kraft gibt, eine natürliche oder unnatürliche, eine dunkle Obstruktion dagegen, dass man an wichtige und richtige Antworten gelangt. Jene, die versucht haben, auf Grundlage der eigenen Erfahrung auf dieses verbotene Gelände vorzudringen, haben mehr oder weniger tragisch geendet.

Eine der ersten Fragen, die ich mir selbst mit meinem dürftigen kindlichen Wortschatz gestellt habe, war: Warum gibt es Menschen? Die Frage klingt natürlich unsinnig. Aber, mein lieber Uriel, jetzt sehe ich, dass diese Frage, auch wenn in kindlicher Naivität ausgesprochen, bis heute einer Antwort harrt, obwohl sich die klügsten Köpfe diese Frage stellen. So gibt es auch keine Antwort auf die Frage, warum es das Böse gibt. Manche lösen dieses Dilemma dadurch, dass sie dem Bösen eine metaphysische Dimension verleihen, es außerhalb unserer Erkenntnismöglichkeit ansiedeln, in den dunklen Gefilden des Mysteriösen und Okkulten. Jedoch, mein Lieber, unser ganzes Leben ist von einem großen Mysterium umgeben. Manche Dinge können wir einfach nicht begreifen, unser Verstand ist dem nicht gewachsen.

Fünfzehntes Kapitel

In welchem Uriel Kohn die Existenz eines
»gespenstischen Beobachters« entdeckt

Lieber, verehrter Emil,
Ich fühle mich nicht gut. Je älter ich werde, desto stärker erliege ich quälenden Gedanken. Als ich noch jünger war, konnte ich damit irgendwie fertigwerden. Vielleicht habe ich geglaubt, dass, wie man so sagt, die Zeit alle Wunden heilt. Ich werde immer unruhiger, ein fortwährendes Unbehagen bereitet mir fast physischen Schmerz. Die Gleichgültigkeit schien mir früher wie eine Sünde, heute wäre sie mir ersehnte Rettung. Ich habe weder Selbstachtung noch Selbstvertrauen, ich habe nur Angst, Angst, ich weiß nicht wovor, vor wem, doch diese unbestimmte Angst erfüllt meine Seele und meinen Körper, erfüllt jeden Tag, von morgens bis abends, und sie taucht in den Träumen auf. So wird es bis ans Ende gehen, wenn es denn ein Ende gibt, wenn uns nicht dort, in irgendeiner unbekannten Welt, neue Prüfungen und neues Elend erwartet. Fürchterlich ist jenes Bild der Endlosigkeit, wo nichts Neues anhebt, sondern sich nur immer wieder und wieder all dieses Unglück wiederholt.

Irgendwo habe ich gelesen, dass ein großer Krieg der Menschen gegen die dunklen Mächte bevorsteht, der in allgemeiner Anarchie enden wird. Ein eisiger Winter wird die Erde in seinen Würgegriff nehmen und der Schatten der apokalyptischen Ungeheuer wird die Sonne verdunkeln. Es werden die Mächte des Bösen herrschen, alles wird in Flammen stehen, und schließlich wird die Welt im Grund des Meeres versinken. Solch ein Ende alles Lebenden ist unausweichlich, vom Schicksal vorherbestimmt. Und dann, so heißt es in den Prophezeiungen, wird aus dem Meeresgrund eine neue Welt emporsteigen, in der das Gute und nicht das Böse herrschen und in der für uns kein Platz sein wird; wir sind im Bösen geworden, und wir werden mit dem Bösen vergehen.

Und wenn es so kommen sollte, es sind ja nur Vorhersagen, die in den Mythen verschiedener Völker gründen, wäre das irgendein Trost? Trost, dass alles zum Nichts zurückkehren wird, aus dem es hervorgegangen ist, dass alles vernichtet werden wird, als ob nichts geschehen wäre. Angenommen, es würde so kommen – wozu dann dieses Leiden, dieses sinnlose und grundlose, welches unser aller Leben beherrscht?

Verehrter Emil,
Ich weiß nicht, wie ich die Realität benennen soll, in der ich lebe. Das ist keine Realität, das ist eine Krankheit, wahrscheinlich eine Krankheit, die, ich bin mir sicher, auch ihre medizinische Bezeichnung hat. Ich weiß nicht, ob Sie irgendwann jenes Gefühl hatten, das ich habe, dass nämlich jede meiner Bewegungen, jeder meiner Gedanken, auch noch der verborgenste, unter Aufsicht und Beschattung steht, dass die Existenz eines »gespenstischen Beobachters« unzweifelhaft ist. Dieser, mein Doppelgänger verfolgt ruhig und unaufgeregt, wie ich immer tiefer im eigenen Dunkel versinke, und er zieht daraus eine abartige, wollüstige Befriedigung. Vielleicht irre ich mich, wenn ich von Doppelgänger spreche. Ich weiß nicht, woher er kommt, wer ihn sendet, aber er ist immer zugegen, um jede meiner aufrichtigen Empfindungen zunichte zu machen, um sich über die Tiefe und Heftigkeit meines

Schmerzes in übermächtiger und erbarmungsloser Weise lustig zu machen und ihrer zu spotten. Wie kann man mit so etwas leben? Wie mit dieser Gestalt im Spiegel leben, die all das ist, was ich nicht bin, aber der ich mich nicht entziehen kann? Ist es denn möglich, dass ich auch jener Andere bin, jener Schatten, jenes Gespenst, das mich in Wahnsinn und Geistesverfinsterung treibt, das mich ständig daran erinnert, ein unerwünschtes Kind zu sein, ein »Bastard«, wie mich die Mutter in den Augenblicken ihres Irrsinns und ihrer Verzweiflung nannte.

Ich bin überzeugt, Sie würden mir helfen, wenn es Hilfe gäbe. Dass wir einander helfen würden, wenn es möglich wäre. Aber jeder von uns trägt seinen Schmerz, eingeschlossen in den eigenen Zweifeln, jeder trägt sein Kreuz, jeder stirbt in vollkommener Einsamkeit.

Nur manchmal können Worte Brücken werden, auf denen wir aufeinander zugehen.

Nehmen Sie es mir nicht übel, in Ihnen sehe ich den Vater, den ich nie hatte, und den zu haben ich mir wünschte, solange ich mich zurückerinnern kann.

Ihr Uriel Kohn

Zeitungsmeldung

Ein deutscher Neurologe behauptet, den Teil des Gehirns entdeckt zu haben, in dem das »Böse« verborgen liegt.

Doktor Gerhard Roth, ein Wissenschaftler aus Bremen, erklärte, dass sich das »verborgene Böse« im mittleren Teil des Gehirns befindet und als Schatten im Scanner zu sehen ist.

Auf dem unteren Abschnitt des Frontallappens findet sich bei Gehirnaufnahmen von Gewaltverbrechern regelmäßig ein dunkler Teil. Wenn man sich Gehirnaufnahmen von Schwerverbrechern ansieht, ist in diesem Abschnitt immer etwas nicht in Ordnung. Dies ist definitiv der Teil des Gehirns, in dem das Böse seine Entstehung hat und lauert.

Roth teilt die Verbrecher in drei Gruppen: Die ersten sind die »psychisch Gesunden«, die in einer Umgebung aufgewachsen sind, in der es »in Ordnung ist, sich zu prügeln, zu stehlen und einander umzubringen«; die zweiten sind jene mit mentalen Störungen, welche die Umwelt als Gefahr erleben; und in die dritte Gruppe fallen die »reinen Psychopathen«.

Sechzehntes Kapitel

Ein unerwarteter Besuch. Albert Weisz erfährt
das Geheimnis seines Freundes Solomon Levi.

Es war jene Tageszeit, da sich der Tag zu Ende neigt und die Dämmerung hereinbricht, die der nächtlichen Finsternis vorausgeht. Eine Tageszeit, da die Dinge ihre Umrisse der Tageshelle verlieren, sich verschatten und ihr Aussehen verändern. Die rechte Zeit für Trugbilder und flüchtige Nachtgeschöpfe.

Jemand läutete an Alberts Wohnungstür. Albert überlief kalter Schauer. Wer mochte das sein? Für einen Augenblick überlegte er, nicht zu antworten, einzuschrumpfen und zu verschwinden, für diesen ungebetenen Gast nicht zu existieren. Zu den Nachbarn hatte er keinerlei Kontakt. Mit den Machthabern hatte Albert nicht das Geringste zu tun, er hatte keine Verwandten, die überraschend auftauchen hätten können. Der Unbekannte läutete beharrlich. Dann klopfte er an die Tür und schließlich war ein Kratzen zu hören, so als ob derjenige vor der Tür Katzenkrallen hätte. Als Albert nach langem Zögern doch öffnete, stand ein hagerer, großgewachsener Fremder vor ihm, totenbleich, mit dunklen, tief in ihren Höhlen liegenden Augen. Nach den Altersflecken zu schließen, die den Großteil seines Gesichts bedeckten, musste er ziemlich alt sein. Als der Fremde zu sprechen begann, erkannte Albert sofort, dass es dieselbe Stimme war, die ihn nächtens zu wecken pflegte.

– Herr Albert, darf ich eintreten?

Statt zu antworten wich Albert nur ein wenig zurück, um den Fremden in das Zimmer zu lassen. Ein Freund?

Ein Feind? Ist es am Ende nicht gleichgültig, es gibt viel Schlimmeres, wogegen man sich nicht wehren kann, und wenn es nun schon einmal so ist, so soll doch dieses Gespenst in seine Wohnung und in sein Leben treten. Ist das ein Mensch mit Fleisch und Blut oder bloß ein seiner Phantasie entsprungenes Trugbild?

– Mein Name wird Ihnen nichts sagen. Deshalb werde ich mich auch nicht eigens vorstellen.

Dem unbekannten Besucher versagte die Stimme, zeitweise ging sie in Flüstern über, so als ob der ganze Organismus langsam ermattete und seinem Herren nicht mehr gehorchte.

– Ich bin gekommen, um einen Auftrag zu erledigen, beziehungsweise eine Bitte Solomon Levis zu erfüllen.

Er nahm eine Schachtel aus der Tasche, die mit verschiedenen geheimen, offenbar von irgendeiner Sekte stammenden Zeichen bekritzelt war. Albert erinnerte sich entfernt, dass jemand eines dieser Schnörkel auf die Eingangstüre zum Wohnhaus Solomon Levis gesprayt hatte und dass er später auf dem Grab seines Freundes das nämliche Symbol aus Kieselsteinen gelegt gesehen hatte.

– Solomon hat mich gebeten, Ihnen das nach seinem Tod zu übergeben.

Albert nahm die Schachtel wortlos entgegen. Stutzend betrachtete er die darauf gezeichneten Symbole.

– Solomon Levi war ein Dönme.

– Ein Dönme? Was bedeutet das?

– Wir Dönme sind Anhänger des Schabbtai Zvi. Es gibt einige Tausend von uns. Im Geheimen folgen wir seiner Lehre.

Der Unbekannte hielt einen Augenblick inne.

– Wir anerkennen das Judentum und den Islam. Wir sind keine Konvertiten, auch wenn manche uns als solche bezeichnen. Unsere ursprüngliche Lehre steht in der Kabbala geschrieben.

– Sagen Sie, haben Sie Solomon gekannt.

Der Unbekannte nickte.

– Ich habe ihn sehr gut gekannt; sagte er mit einem kaum merklichen Lächeln.

Er wandte sich ab, so als ob er zu viel gesagt hätte. Ohne Albert anzusehen, ging er zur Türe, denn er wollte so schnell wie möglich wieder aus Alberts Leben verschwinden, jetzt da er seinen Auftrag erledigt hatte.

– Lebt wohl, mein Herr.

Albert tat den Mund zum Sprechen auf, um ihn etwas zu fragen, aber da war es schon zu spät.

Der Unbekannte bewegte sich schnellen Schrittes und fast lautlos die Treppe hinunter. Albert hielt die Schachtel Solomon Levis in den Händen. Aufmerksam betrachtete er sie von allen Seiten. Nach kurzem Zögern öffnete er die Schachtel. Es lag ein Brief drin.

Siebzehntes Kapitel

*Das Eingeständnis des Solomon Rubenovič. Die
Schachtel mit dem Brief wird zu Jom Kippur geöffnet.*

Albert, mein Freund. Vergib mir. Wir leben in Lug und Trug.
Und ich bin bloß ein weiterer Beweis dafür. Solomon Levi
ist nicht mein richtiger Name. Mein richtiger Name ist
Solomon Rubenovič. Mein Vater ist Ruben Rubenovič.
Wenn du bei der Erwähnung dieses Namens erschauern
solltest, so lies dennoch den Brief zu Ende, ich flehe dich
an.

Ich bin in einer gottesfürchtigen jüdischen Familie
aufgewachsen. Ich wurde dazu erzogen, die Gebote der
Halacha zu achten, zu den Feiertagen gehe ich in die Synagoge, am Sabbat entzünde ich Kerzen. Nein, wir waren
keine Orthodoxen, solche gab es bei uns nicht, aber wir
hielten uns an unseren Glauben und an unsere Tradition.

Ich war ein schwächliches, kränkliches Kind, um dessen
Schicksal die Eltern unablässig bangten. Die meisten ihrer
Gebete galten meiner Gesundheit. Es stimmt, wenn ich
mich auf einer der wenigen von damals erhaltenen Foto-
graphien betrachte, so sehe ich irgendwie durchsichtig
aus, nicht wie ein Bub, sondern wie der Geist eines Buben,
den noch der leiseste Windhauch wegblasen kann.

Aber was meinem Körper nicht gegeben war, war
umso verschwenderischer meinem Geist eingeprägt, das
kann ich ohne falsche Bescheidenheit sagen. Schon mit
etwa zehn Jahren konnte ich einige Sprachen: jiddisch,
hebräisch, französisch, englisch. Ich lernte Sprachen derart schnell und leicht, dass dies als ein Zeichen gedeutet
wurde, ich sei für etwas Höheres bestimmt. Wir hatten

eine umfangreiche Bibliothek, das war unser einziger wirklicher Reichtum, ein Familienerbe, und so frönte ich von frühester Zeit an meiner großen Leidenschaft fürs Lesen, zunächst ohne die Bücher besonders auszuwählen, denn jedes einzelne war für mich ein echtes Wunder. Ich las, auch wenn ich Vieles von dem, was geschrieben stand, nicht begriff; solche Texte verstand ich auf eine mir eigene Weise. In den Jahren meines Heranreifens, als ich wegen meiner ständig gefährdeten Gesundheit kaum das Haus verließ, fürchteten doch meine Eltern, dass draußen tausende allerschrecklichste Krankheiten wie tausende Dämonen lauern würden, erfüllte mich das Bücherlesen mit einer inneren Freude. Ich sprach mit den Büchern, vertraute mich ihnen an, lebte mit ihnen, die Bücher füllten jene riesige Leere, die sich in mir mangels genügenden Umgangs mit Gleichaltrigen auftat. In gewisser Weise war ich vom Leben abgetrennt, aber gleichzeitig von dem in den Büchern beschriebenen Leben erfüllt, von dem ich zu glauben begann, es sei das einzig wahre und richtige.

Im Übrigen sagt man ja von uns, wir seien das Volk des Buches, und ich wurde im buchstäblichen Sinn abhängig von Büchern. Einige dieser Bücher, jene, die ich besonders liebte, waren sehr alt. Wenn ich in deren vergilbten Seiten blätterte, schien es mir bisweilen, sie würden – was von ihrem Alter zeugte – jeden Augenblick zu Staub zerfallen. Die *Biographie Schabbtai Zvis* aus der Feder von Solomon Leib Katz aus dem Jahr 1671, die *Geschichte Schabbtai Zvis* von Nahum Bril, erschienen 1879 in Wilna.

Eben die Lektüre über Leben und Wirken des großen Mystikers Schabbtai Zvi und seines Begleiters und Ratgebers Nathan von Gaza hat mich zum ersten Mal wirklich in den Bann geschlagen. Die Geschichte von diesem großen Mystiker, der die gesamte jüdische Welt bewegt, auf seinen Propheten-Reisen viele europäische Länder und Städte besucht und das baldige Kommen des Messias vorausgesagt hatte, gefiel mir außerordentlich.

Eingeschlossen in meinem kleinen Zimmer und mit reicher Phantasie beschenkt, sah ich mich selbst auf diesen Reisen, ich träumte in wachem Zustand von so einem Abenteurer-Leben, das voll war von Sendungsbewusstsein und mir eröffnete, was die Kraft der Überzeugung vermag und dass die Existenz eines jeden Einzelnen Sinn hat.

Schon als ich noch ganz klein war, stellte ich eine einfache Frage, auf welche die Eltern keine Antwort wussten, und die Frage mag ihnen denn auch kindlich und naiv vorgekommen sein: Wozu gibt es den Menschen? Diese Frage reifte auf verschiedene Weise in mir heran und suchte nach Antwort. Viele Jahre später fand ich in Leben und Schicksal von Schabbtai Zvi eine Art von Antwort, die vielleicht nicht jedermann zufriedenstellte, mich aber sehr wohl. Ich entdeckte die kosmische Bedeutung meiner Existenz und die unumgängliche Notwendigkeit, mit meinem Tun zum Sieg über das Böse, das mit der Erschaffung der Welt entstanden ist, beizutragen, und beizutragen dazu, dass eine gerechte Weltordnung entsteht, in der auch die Juden nicht mehr andauernd in Vertreibung und Exil leben müssen.

Zvi gründete seine Lehre und Bewegung auf der Kabbala Isaak Lurias über den »Bruch der Gefäße«, die mystische Erklärung der Verfolgung des jüdischen Volkes und dessen Erlösung vom Fluch der Vertreibung.

Bei der Erschaffung der Welt trat das göttliche Licht in den Abgrund von Leere und Nichts, um ihn mit dem Licht der Schöpfung zu erfüllen. Die Gefäße aber, welche das Licht empfingen, hielten es nicht aus und zerbarsten in tausend Stücke, und das Böse herrschte über die Welt. Die Scherben fielen in den tiefen Abgrund des Dämonischen. Alles, was geschieht, ist die Folge des Zustands nach dem Bruch der Gefäße. Die Welten stürzten in ein großes Chaos. Das Böse wird besiegt werden, und die Welt wird zu ihrem beabsichtigten Urzustand zurückkehren, die Juden und ihr Gott werden aus der Vertreibung zurückkommen, wenn die Gefäße erneuert sein werden. An der Erneuerung der Gefäße hat jeder Jude mit seinem Tun und Handeln Anteil. Mit der Erneuerung der Welt kommt die Rettung.

Alles in allem leben wir in einer unvollkommenen Welt, in der das Böse vorherrscht, wir harren einer Welt der Hoffnung, der Güte und der Liebe. Dieses vereinfachte Bild von der Erschaffung und der Verbesserung der Welt wurde zu meiner Lebensüberzeugung. Und dieser Weg war, wie man am Lebensschicksal Schabbtai Zvis sehen kann, ein Weg der Versuchung und dessen, was man »heilige Sünde« nennt.

An dieser Stelle möchte ich ein paar Sätze über meinen Vater schreiben, der für mich von frühester Kindheit an das Ideal eines Gerechten war, eines gottesfürchtigen, sehr ehrbaren Juden. In ihm sah ich auf meine kindliche Art die Inkarnation Schabbtai Zvis. Erst als ich volljährig wurde, verriet mir mein Vater, dass er der geheimen Gruppe der Anhänger des jüdischen Messias angehöre und dass der Weg, den er gehe, der Weg der Versuchung des großen Mystikers sei. Aber zurück zur Lehre über die »heilige Sünde«.

Als im Jahr 1666 der vom gesamten jüdischen Volk als Messias anerkannte Schabbtai in Konstantinopel eintraf, um dem Sultan die Krone vom Haupt zu nehmen und den

Beginn der neuen messianischen Ära und des neuen Königreichs auf Erden auszurufen, wurde er von den türkischen Machthabern verhaftet; wider Erwarten wurde er jedoch nicht hingerichtet. Man brachte ihn in ein Gefängnis in der Nähe von Gallipoli. Einige Monate später entsagte Schabbtai Zvi dem mosaischen Glauben und trat zum Islam über. Sein Inspirator und Mitstreiter im Glauben, Nathan von Gaza, erklärte die Größe dieses Aktes folgendermaßen: Um an der Erneuerung der Welt teilzuhaben, genügt es nicht, nur Gutes zu tun, sondern man muss ins tiefste Dunkel hinabsteigen, dorthin, wo das Böseste des Bösen ist; man muss sich diesem Bösen stellen und das fürchterliche Schicksal eines Verstoßenen zu spüren bekommen. Genau das tat der Messias. Er stieg hinab in die Hölle, um sie mit seiner Heiligkeit zu berühren. Er wurde nur zum Schein Türke, und in Wirklichkeit war er mehr Jude als je zuvor. Und von da an lebt er in zwei Welten. Die eine Welt ist die, welche erst anbricht, die andere die, welche tatsächlich besteht. Man muss mit dem Bösen in Berührung kommen, um es zu ändern und zu überwinden.

Ich erwähne die Lebensgeschichte von Schabbtai Zvi, damit man meine Lebensgeschichte versteht. Es gab deren nicht wenige, die sich seine Lehre zu eigen machten und nach seinem Tod seinem Weg nachgefolgt sind, manchmal offen, manchmal im Geheimen.

Ich jedenfalls bin einer von ihnen.

Ich musste das erwähnen, damit man was jetzt folgt versteht. Mein Vater hat in seinem Leben niemals etwas aus Feigheit oder aus Schwäche getan; alles, was er tat, geschah aus echter und ehrlicher Überzeugung.

So auch an jenem Sommertag des Jahres 1942, als er verhaftet und zur Sonderpolizei für Juden gebracht wurde, zu Draga Jovanović persönlich. Serbien war bereits *juden-frei*, nach den Erschießungen in den Topovske Šupe und der Liquidierung des Lagers Sajmište war es von Juden gesäubert. Es blieb nur mehr eine kleine Zahl derer, denen die Gestapo und die Sonderpolizei nicht auf die Spur gekommen sind. Die lebten verborgen mit falschen Dokumenten, an geschützten Orten, versteckt und beschützt von ergebenen Freunden und in dauernder Angst, entdeckt zu werden. Es gab nur wenige, die bereit waren, sich und ihre Familie diesem Risiko auszusetzten, das Verstecken von Juden stand unter Todesstrafe.

(Hier habe ich den Brief unterbrochen, es ging gegen Mitternacht und, ich spürte eine überraschende Müdigkeit. Ich wälzte mich im Bett hin und her, war schweißgebadet. Ich musste ein Beruhigungsmittel nehmen. Jedoch der Schlaf wollte mir nicht die Augen schließen, vor ihnen tanzten Teile des Textes, mit dem ich mir meine Geschichte weiter von der Seele schreiben werde. Wie nur möglichst überzeugend, möglichst wahrheitsgetreu das, was folgen wird, niederschreiben, wie es in Ruhe, vernünftig und überzeugend beschreiben? Nun, ich erhebe mich eben, noch vor Tagesanbruch und nach einer durchwachten Nacht, um mein für dich, teurer Freund, bestimmtes Vermächtnis fortzusetzen.

Ich weiß nicht, wer uns angezeigt hat, habe es bis heute nicht herausgefunden. Es schien, dass man auf uns vergessen hatte, wir lebten mit falschen Dokumenten am Stadtrand und wähnten uns sicher in unserem Versteck.

Mein Vater wurde also dem Chef der Sonderpolizei vorgeführt. Sie haben ihn nicht gefoltert, waren ihm gegenüber anständig, soweit dies in Zeiten, da Juden außerhalb von jedem Recht und Gesetz standen, möglich war.

Vater erkannte einige der Polzisten, seine ehemaligen Mitbürger, die jetzt Herren über Leben und Tod waren.

– Wir verlangen von Ihnen, dass Sie uns helfen, dafür werden wir Ihre Familie verschonen.

Er kam in Einzelhaft, damit er überlegen konnte. Sie ließen ihm den ganzen nächsten Tag zum Überlegen. Mehr als ausreichend. Nein, er sagte nicht deshalb zu, damit meine Mutter und ich verschont würden. Das weiß ich mit Sicherheit. Ich kannte meinen Vater gut. Er verstand dieses Angebot als eine Botschaft, die von weit höher als der Sonderpolizei für Juden kam. Er fasste diesen Entschluss nicht um seiner noch um unserer Rettung willen, obwohl er, der beste Ehemann und beste Vater von allen, uns liebte. Es ging um die Rettung aller. Um die Rettung der Menschheit, sozusagen. Darum, ganz nach unten zu sinken, in die Hölle hinabzusteigen, wie es Nathan von Gaza auftrug, damit der Mensch rein und unbefleckt wiederkehre, als ein Sünder Gottes, mit dem Mal der heiligen Sünde gezeichnet. Der Mensch kann nicht wissen, was das Gute ist, solange er nicht weiß, was das Böse ist.

Das größte Opfer, das Vater bereitwillig auf sich nahm, war, zu diesem Zeitpunkt – nicht für immer – des heiligen Ziels wegen allem zu entsagen, woran einem ehrenhaften Menschen besonders liegt: Ehre, Stolz, Ansehen, seiner Eitelkeit zu entsagen. Die einzige Angst, die er damals verspürte, war, wie er mir später einbekannte, die Angst vor der Größe des Opfers, das er auf sich zu nehmen hatte.

Er nahm das Angebot an.

Er kannte alle angeseheneren Mitglieder unserer nicht eben großen Gemeinde in der Stadt. Zu den Feiertagen hat er den Gottesdienst in der Synagoge besucht. Angesehene Juden unserer Stadt, aber auch anderer Städte des Landes haben ihn oft aufgesucht, um ihn um Rat zu fragen, so wie es eben der alte Brauch will, dass die Älteren, Weiseren und Geachteten um Rat gefragt werden. So wie es auch in seinem heimatlichen Lemberg der Brauch war, wo sein Vater, also mein Großvater, ein geachteter Zaddik, zu »Gericht« saß. Oft habe ich heimlich diese Gespräche belauscht und war angetan von den weisen Antworten meines Vaters.

Wir verließen unser Versteck und kehrten in unsere Wohnung zurück. Das Haus war leer, unsere Nachbarn waren spurlos verschwunden. Die Bibliothek geplündert. Die Bücher über Schabbtai Zvi und viele andere Bücher gab es nicht mehr. Aber sein Geist lebte fort in unserem Heim.

Früh morgens wurde mein Vater mit einer Limousine abgeholt. Er zog seinen besten Anzug an. Vor dem Haus warteten die Agenten auf ihn. Mit ihnen fuhr er zur »Arbeit«. Sie hielten an Eisenbahn- und Autobusstationen. Sie warteten auf die ankommenden und abfahrenden Passagiere: Mein Vater hatte eine einzige Aufgabe – die Juden mit falschen Dokumenten zu identifizieren, mit den Fingern auf sie zu zeigen, die Gendarmen und die Gestapo würden den Rest erledigen. Ich weiß nicht, wie oft er das gemacht hat, es blieben nur noch sehr wenige der Unsrigen, aber der Handel mit falschen Dokumenten ermöglichte es diesen Wenigen, durch die Maschen der verschiedenen Kontrollen zu schlüpfen.

Einerlei. Er wurde zu dem, was man »Kollaborateur der Okkupanten« nannte, ein Denunziant, eine verkaufte Seele. Ich weiß, dass er das alles nicht war, sondern bloß ein »heiliger Sünder«, einer, der in der tiefen Überzeugung den Lehren des Schabbtai Zvi folgte, dass auch sein Opfer, seine Berührung mit dem Bösesten des Bösen nur der Überwindung des Bösen dient. Ich sah die Tränen in seinen Augen, wenn er spät abends heim kam. Er opferte sich, aber er brandmarkte damit auch uns, die Mutter und mich.

Ein paar Mal habe ich heimlich das Haus verlassen und dem Vater und seinen Begleitern nachspioniert. Er stand beim Bahnhofseingang, ein Heiliger und Sünder, der den höchsten Preis für diese fürchterliche Niedertracht zahlte. Konnte das irgendjemand verstehen, wenn auch ich, sein eigener Sohn, das, was er sich und anderen antat, als etwas unfassbar Böses empfand. Verstehen heißt rechtfertigen. Ich habe ihn gewissermaßen verstanden, denn Schabbtai Zvi lebte in mir, so wie er in ihm lebte, aber ich habe mich geschämt, so sehr geschämt, dass ich es nicht vermochte, ihm in die Augen zu sehen, wenn er heimkam.

Das ist meine Geschichte, lieber Freund, die ich dir damit offenbare. Ich offenbare dir die wahre Geschichte über mich und meine Familie. Das bin ich auch den vielen Jahren unserer Freundschaft schuldig, in denen wir einander die intimsten Gedanken anvertraut haben, wenn auch manches unausgesprochen blieb, so wie eben nie alles bis zum Letzten gesagte werden kann. Die Mutter konnte die Größe dieses monströsen Opfers nicht ertragen. Ihre Nerven haben es nicht ausgehalten. Sie starb in einer Anstalt für Geisteskranke. Der Vater hat sich kurz vor Kriegsende umgebracht, er hat es abgelehnt, sich denjenigen bei der Flucht anzuschließen, mit denen er in der schrecklichen Überzeugung kollaboriert hat, es sei Teil des Preises für eine allumfassende Erlösung.

Zuvor hatte er mir falsche Dokumente besorgt, einen neuen Namen, damit ich ein neues Leben beginnen könne als einer, der nur durch ein Wunder der Vernichtung entgangen ist. Damit ich mit einer falschen Biographie weiterleben kann.

Verzeih mir, dass ich dir die ganze Zeit über etwas vorgetäuscht habe. Ich brauchte lange, um zu begreifen, dass sich auch nach so vielen Jahren seit der Schoah eigentlich wenig geändert hat. So gut wie gar nichts, die Menschen bringen weiter einander um, Unschuldige leiden. Ich beschloss, aus dem Leben zu treten, alle Spuren zu vernichten, alle meine Irrungen und mich selbst in den Flammen auszulöschen.

Ich hinterlasse nur diese Aufzeichnung. Erbarme dich meiner Seele und meiner Sünden. Nein, eine »heilige Sünde« gibt es nicht noch trägt es zur Verbesserung der Welt bei, tief bis zum Ur-Bösen hinabzusteigen. Das Böse ist hundert Mal stärker als jedes Gute. Wir sind zum ewigen Exil verdammt, zur ewigen Vertreibung.

Ich bitte dich, mein lieber Freund, sprich an jenem Tag des Jom Kippur, dem Tag des Gebets für das Bekenntnis, die Beichte und die Vergebung der Sünden, ein Gebet auch für die Rettung meiner Seele.

Achtzehntes Kapitel

Das ähnelt alles einer Halluzination

Mischa Wolf hörte sich Alberts Geschichte an.

– Ihr Besucher ist also jene geheimnisvolle Person, die Sie verfolgt hat?

– Ja, es scheint so. Ich glaube, dass sie es ist. Ich erkannte die Stimme, die mich nächtens anrief.

– Und Sie ließen ihn herein und dann einfach so wieder gehen?

– Ja.

Der Professor lachte. – Und es war kein Ungeheuer? Jemand, der aus jener anderen Welt kam? Von einem anderen Planeten?

– Ich weiß nicht, wer und was das war. Er hat nichts über sich gesagt. Noch habe ich ihn gefragt.

– Und Sie haben in ihm den leibhaftigen Teufel gesehen, geben Sie es zu. Sie müssen wohl enttäuscht gewesen sein.

– Vielleicht war es der Satan. Oder einer der seinigen.

– Aber Albert, kommen Sie doch. Lassen Sie Ihre Phantasiereien.

Albert schwieg. Er war sich nicht sicher, ob er dem Musikprofessor die ganze Wahrheit sagen sollte. Kein Wort über Solomon Levi, beziehungsweise Solomon Rubenovič, über die Nachfolger Schabbtaj Zvis, über die Heiligkeit und die Ungeheuerlichkeit des Bösen. Diese Geschichte wollte er für sich selbst behalten, kaum jemand könnte sie verstehen, hat sie doch auch er nicht zur Gänze verstanden.

Mischa Wolf erhob sich, ging zur Bücherwand, die eine ganze Zimmerseite bedeckte und vom Boden bis zum

Plafond reichte. Sein Blick suchte nach etwas. Er nahm eine Mappe vom Regal, einen »Blättersalat« mit vielen lose eingelegten Seiten.

– Hier habe ich manche meiner Erfahrungen aufgezeichnet. Und die anderer.

Er fand eine bestimmte Seite.

– *Manche Gedanken, derer wir uns nicht bewusst sind, können sich in Geister verwandeln*, das schrieb De Quinzey. Er schwieg für einen Augenblick.

– Deshalb, mein Lieber, haben wir kein Recht zu sagen: Das ist nicht wahr, so etwas gibt es nicht. Das passiert alles in unseren Köpfen. Das Gute und das Böse. All diese Gespenster, Vampire, Werwölfe, das Böse, das Gestalt annimmt, all das ist in unseren Köpfen.

Wenn er Alberts Zustimmung erwartete, dann vergebens. Und Albert hatte den Eindruck, dass auch der Musikprofessor seinen eigenen Worten nicht unbedingt vollen Glauben schenkt, dass seine Weigerung, den dämonischen Mächten ins Auge zu blicken, der Feigheit und der Angst vor dem geschuldet ist, was sich ihm auftun könnte.

– Auch Ihr Fall, der Fall unseres gemeinsamen Bekannten Solomon Levi und alle ähnlichen Fälle in der immer spärlicher werdenden, im Aussterben begriffenen Generation der lebenden Zeugen jenes übergroßen Bösen, in dessen Schatten wir überlebt haben, all diese Fälle gehören in den Bereich der Psychiatrie. Sowohl diejenigen gehören dorthin, die uns Böses angetan haben als auch wir, die es am eigenen Leib erfahren haben. Es gibt das Böse nicht ohne Menschen, merken Sie sich das und vergessen Sie alle diese Geschichten von der Metaphysik des Bösen und ähnliches. Ich für meinen Teil halte das Böse für eine Art Wahnsinn, Krankheit, eine Abartigkeit, einen obsessiven Zwang zur Destruktion. Die Natur ist nicht vollkommen, da werden Sie mir recht geben. Ich sage das, lieber Albert, um Sie von Ihren Phantasmagorien zu befreien, zu denen Sie neigen und die sich aus Ihren persönlichen Traumata in mythische Ungeheuer verwandeln. Krankheiten sind gefährlich, Wahnsinn ist gefährlich, aber man kann das eine und das andere kontrollieren.

Albert senkte den Kopf, er wusste nicht, was er antworten solle.

Mischa Wolf sagte in bestimmtem Ton: – Erholen Sie sich ein wenig. Gehen Sie für eine Zeit fort aus der Stadt. Sie brauchen das. Eine andere Umgebung – seine Stimme wurde fast flehentlich. – Hören Sie auf mich.

Albert zögerte eine Weile mit der Antwort. Dann nickte er. Er drückte die Hand des Freundes.

– Ja, sicher. Sie werden recht haben. Vielleicht ist das eine Möglichkeit, mich von meinen Albträumen zu befreien.

* * *

Albert trägt in sein Tagebuch ein:

Das alles ähnelt langsam einer Halluzination, oder es ist tatsächlich eine echte Halluzination, eine Phantasmagorie, es gibt keinen rechten Ausdruck für so etwas. Ein unerträgliches Gefühl der Schuld wegen meines Bruders Elijah. Meine Schuld besteht darin, dass ich ihn nicht gefunden habe, dass ich ihn in jener eisigen Nacht im Stich gelassen habe. Das ganze Leben ist, von der Geburt bis zum heutigen Tag, zu einem verzweifelten Traumgesicht geworden.

Wie auch immer, der Rat, dem ich gefolgt bin, lautet: weg von hier, verreisen, heraus aus der Paranoia, in der ich lebe, heraus, zumindest für eine Zeitlang, aus dem Schneckenhaus, aus dieser Umgebung, die mich immer stärker belastet, weg von diesem Druck kurz vor der Explosion. Flucht vor den Trugbildern – wenn es solche sind – die mir keine Ruhe lassen.

Ich schaute die touristischen Angebote durch. Eines von ihnen erregte meine Aufmerksamkeit:

Steigen Sie wieder ein in den Orient-Express!

Am 4. Oktober 1883 verließ eine Dampflokomotive den Bahnhof in Straßburg, um mit ihren Waggons ins weit entfernte Rumänien zu fahren. Dieser Zug trug den Namen Orient-Express *und nahm 40 Passagiere, 40 besondere Gäste mit auf die Reise.*

Das Unternehmen wurde sehr schnell nicht nur wegen seiner interessanten Reisen, sondern auch wegen des hohen Reisekomforts bekannt.

Bekannte Persönlichkeiten, Adelige und viele Berühmtheiten reisten mit dem Orient-Express *nach Wien, Budapest, Bukarest, in Städte, die recht eigentlich das Herz Europas ausmachten.*

Um diesen Zug und seine Fahrten rankten sich zahlreiche Legenden über ungeklärte Geheimnisse und mysteriöse Vorfälle.

Wir knüpfen an die ruhmreichen Zeiten des Orient-Express *an. Komfortabelstes Reisen für eine besondere Klientel!*

Epilog

*Durch das Dunkel der Nacht Durch
mondbeschienene Landschaften Ohne
Halt vorbei an verschlafenen Stationen
Jagt der Zug dahin.*

Albert Weisz ist im Zug.

In der rechten Hand hält er noch die Fahrkarte. Er faltet sie und steckt sie sorgfältig in die Tasche. Auf der Karte steht seine Platznummer. Das ist wichtig, denn es kommt manchmal vor, dass die Bahnbeamten für einen Platz zwei Karten ausgeben.

Das Abteil und die Fahrgäste sehen ganz ordentlich aus. Alle Plätze sind besetzt. Zwölf Plätze und zwölf Fahrgäste.

Er versucht sich daran zu erinnern, ob diese Zahl irgendeine symbolische oder mystische Bedeutung hat. Es ist die Zahl des Volkes Gottes. Die zwölf Söhne Jakobs sind die Vorfahren der gleichnamigen Stämme des hebräischen Volkes. Das himmlische Jerusalem hat zwölf Tore. Die Zahl Zwölf scheidet die Welt des Guten von der des Bösen. Gleichzeitig denkt Albert, wie töricht es sei, in allem eine Symbolik zu suchen. Die Dinge sind einfach so wie sie sind, wie Professor Mischa Wolf zu sagen pflegt, sind gewöhnlich ohne tiefere Bedeutung.

Jetzt werden seine Gedanken von der schrillen Stimme des Mannes neben ihm abgelenkt. Er zeigt auf ein Messingschild oberhalb des Sitzes, darauf steht:

*The remaining car was constructed by the
Pullman Car Company at its Longhedge*

Works in South London.
The livery applied by the Pullman Car
Company was as applied to the South Eastern
& Chatham Railways.

Die berühmte Firma garantiert Sicherheit und Reise-
komfort, denn, so merkt der Mitreisende mit Zufrieden-
heit an, solche Waggons werden nicht mehr hergestellt,
außer für Erlebnisreisen wie die unsere. Alles ist so eingerichtet, dass sich die Fahrgäste bequem und sicher fühlen auf einer Reise, die sie an Zeiten erinnert, in der auf
Komfort überaus Bedacht genommen wurde, an gute,
alte, sichere Zeiten. Die Sitze können einfach zu Betten
umgelegt werden, und in einer Ecke des Waggons gibt es
eine kleine Kochnische, wo man Tee oder ähnliches zu-
bereiten kann, was auch für Mütter mit Kindern vorteil-
haft ist. Und eben in ihrem Abteil ist ein Ehepaar mit zwei
Kindern. Der etwa fünfjährige Bub drückt sein Gesicht an
die Fensterscheibe, das höchstens zwei Jahre alte Mädchen
schmiegt sich an die Mutter, erschrocken vom gleichmä-
ßigen Rattern der Räder und vom zeitweiligen Pfeifen der
Lokomotive, wie es den Eisenbahnvorschriften gemäß zur
Warnung ertönt. Während dem Mann vor Schlaf die
Augen zufallen, sind die der Frau weit geöffnet, sie starrt
über den Kopf des Buben hinweg in die Nacht, als ob sie
von irgendeiner Vorahnung erfasst wäre. Alle Mütter, so
geht es Albert durch den Kopf, sind von Vorahnungen
und Bangen erfasst: die Kinder behüten und großziehen,
aus ihnen freie und stolze Menschen machen. Alle Krankheiten und alles Unglück überwinden, denn alles arbeitet
gegen die Menschen. So geht es Albert durch den Kopf.

Durch das Dunkel der Nacht
Durch mondbeschienene Landschaften
Ohne Halt vorbei an verschlafenen Stationen
Jagt der Zug dahin.

Erst jetzt wird Albert auf einen Passagier aufmerksam, der einen Tallit über die Schulter wirft, den weißen, gefransten Gebetsschal mit blauen und schwarzen Streifen an beiden Rändern. Den Kopf bedeckt er mit einer Kippa, und er spricht ein Gebet, dessen Worte schwer auszumachen sind. Es ist nur sein Murmeln und das monotone Geräusch der Räder zu hören.

Der Jude beendet sein Ritual und gibt Kippa und Schal in die Tasche zurück. Er gewahrt den neugierigen Blick des Mannes mit der schrillen Stimme.

– Sind Sie gläubig? fragt ihn der Jude. Der Mann schüttelt den Kopf. – Ich bin Atheist.

Der Alte lacht. – Sie sagen Atheist. Das heißt, Sie glauben an nichts?

– Ich glaube nur an das, was ich verstehen kann.

– Ja, das erklärt freilich, warum Sie an gar nichts glauben!

Beide schweigen einen Augenblick lang. Dann sagt der Atheist: – Woran können wir nach alldem noch glauben? Es gibt keinen Gott, wenn er es zulässt, dass sein auserwähltes Volk leidet.

– Sie sind also ein Jude, der nicht glaubt.

– Genau, mein Herr. Kennen Sie diese Geschichte vom Rabbi aus Sadagora? Man sagte sich, dass der Allmächtige jeden Samstag vom Himmel herabsteige, um mit dem Rabbi die heiligen Gebete zu sprechen. Einer, der Zweifel hatte an dieser Geschichte, fragte jenen, der sie verbreitete, woher er denn wisse, dass sich das so zuträgt. »Da besteht keinerlei Zweifel«, antwortete der Befragte. »Der Rabbi selbst bestätigt es«. »Aber woher weißt du, dass der Rabbi die Wahrheit sagt?« »Glaubst du etwa, dass sich der Allmächtige jemals auf einen Lügner einlassen würde?«

Ein elegant, ja festlich gekleideter Mann, der in einer Ecke des Abteils saß, wischte sich mit einem Taschentuch die feuchte Stirn. Bis dahin hatte es geschienen, er würde vor sich hin dösen und wenig Interesse an seinen Mitreisenden haben.

– Meine Herren, begann er unvermittelt zu sprechen, bemerken Sie etwa nicht, dass Nachtfahrten etwas Beängstigendes haben?

Sein bleiches Gesicht und seine schmalen Schultern hinterließen trotz seiner Eleganz den Eindruck von jemandem, dessen Gesundheit zerstört ist.

– Da, schauen Sie durchs Fenster. Nacht, überall Nacht, ein Dunkel, das sich über alles legt, die Felder, Hügel, alles ist in dieses undurchdringliche Dunkel gehüllt; er lachte. Sein Lachen glich mehr einem Todesröcheln als echter Heiterkeit.

Und tatsächlich, überall ist Nacht. Auch in den Seelen dieser Menschen, die das Schicksal auf dieser romantischen Reise in das Herz Mitteleuropas zusammengeführt hat und die anstatt von Reisefreuden immer mehr von einem unerklärlichen Bangen erfüllt werden. Keiner weiß, warum und weshalb. Und statt über die Schönheit der alten mitteleuropäischen Städte zu sprechen und über die Landschaften, die mit dem Sonnenaufgang ihr Auge erfreuen würden, spricht diese Gruppe von Menschen über eigenes und fremdes Unglück, mit immer weniger Unbekümmertheit, so sie eine solche überhaupt jemals hatten.

Wenn der Morgen schon gegraut hätte, wenn sie die Landschaft, durch die der Zug fährt, hätten sehen können, wäre ihr Bangen vermutlich berechtigt gewesen. Der *Orient-Express* jagt auf eben erst neu verlegten Gleisen dahin, vorbei an zerstörten und abgebrannten Bahnhofsgebäuden. Man muss sich nicht mit Politik oder Logik beschäftigen noch etwas von den Beziehungen zwischen Völkern und Staaten verstehen, um sich folgende Frage zu stellen: Warum wurde das zerstört, wenn es doch eines Tages wieder aufgebaut werden muss? Jeder Vernünftige würde diese Frage stellen, nicht nur die Passagiere auf Nostalgiereise im legendären Zug.

Da die Nacht zu einer Nacht der Bekenntnisse wurde, meldete sich auch der eine Reisende, der allen schon durch seine nervösen Bewegungen aufgefallen war. Immer wieder steht er auf, öffnet die Abteiltür, blickt in den leeren Gang des Waggons. Er leidet, wie es die übrigen Mitreisenden bald hören werden, an einer obsessiven-kompulsiven Störung, glaubt, alleine schuldig an einer großen Katastrophe in Indien zu sein, bei der Erdrutsche ganze Dörfer zerstört haben und in der die viele Menschen umgekommen sind. Er deutet es so, dass es zu diesem großen Unglück nicht gekommen wäre, wenn er an diesem Tag nicht das Haus verlassen und nicht die Straße abseits eines Zebrastreifens überquert hätte. Alles hängt mit allem zusammen, und jede unserer Bewegungen, unserer Handlungen außerhalb dessen, was gewohnt und erlaubt ist, führt zu unerwarteten Störungen, ja oft zu Kataklysmen. Vor dieser Katastrophe soll er ein ganz normaler Mensch gewesen sein. Jetzt lebt er mit einer riesengroßen Schuld am Tod zahlreicher Menschen. Und während der *Orient Express* mit unverminderter Geschwindigkeit durch die Nacht jagt, beginnt sich in dieser Gruppe von Reisenden, welche das Schicksal zusammengeführt hat, auf einmal etwas zu ereignen. Sie werden von Angst befallen.

Man hat in Mäuseversuchen herausgefunden und es später bei Menschen bestätigt, dass die Sinnesorgane Angstdetektoren sind. Woher aber die Angst kommt, konnten auch die Wissenschaftler nicht eruieren. Die Sinne warnen lediglich davor, dass eine Situation sehr schnell bedrohlich, gefährlich werden kann.

In der Abteiltür erscheint der Schaffner. Er hat eine Uniform an, wie sie früher in alten Zeiten die Angehörigen seines Berufs getragen haben. Um die Schulter trägt er eine klassische Schaffnertasche im charakteristischen *Orient Express*-Stil, ebenfalls aus früheren Zeiten.

Höflich grüßte er die Fahrgäste und bat sie, die Fahrkarten zur Kontrolle bereitzuhalten. Alle, unter ihnen auch Albert, hatten schon auf diese Aufforderung gewartet und hielten die Karten hin. Nur der Mann und die Frau mit den beiden Kindern suchten nervös in ihrem Gepäck herum.

Der Schaffner forderte sie freundlich auf: – Nur keine Nervosität, ich bitte Sie. Wir haben es nicht eilig.

Schließlich fanden auch sie ihre Karten. Der Schaffner entwertete sie mit seinem Zwicker. Zunächst schien es, dass er an den Gesprächen der Reisenden nicht interessiert sei. Aber als der mit der schrillen Stimme darauf zu sprechen kam, dass die Welt auf menschlicher Solidarität und dem Gewissen des Einzelnen beruhe, begann er aufmerksam zuzuhören. Alsbald schließt er sich, was unerwartet und ungewöhnlich war, dem Gespräch an.

– Meine verehrter Herr, Sie irren sich vollkommen. Ihre Worte sind die Worte eines hoffnungslosen Pazifisten, der an die rechte Ordnung der Dinge glaubt. Nicht die verändern unsere Welt, die auf der Suche nach Ordnung, Gerechtigkeit und Frieden sind. Unsere Welt verändern genau die, welche als »gewissenlose Menschen« gelten. Diejenigen ohne Mitgefühl und Moral. Auf Gewissen und Gerechtigkeit berufen sich nur die Schwächlinge. Das ist, mit Verlaub, meine tiefe Überzeugung. Zum Glück für die Menschheit machen knapp zehn Prozent der Bevölkerung Menschen aus, die ohne Gewissen und zu allem bereit sind.

Der Schrille ereiferte sich. Seine Stimme kippte in ein Fauchen, was seine übermäßige Erregung verriet.

– Nein, Sie irren sich. Menschen ohne Gewissen sind Krypto-Psychopathen, sie leben bis zu jenem Zeitpunkt angepasst in ihrem Umfeld, da unter bestimmten Gegebenheiten ihre wahre gewalttätige, seelenlose Natur zum Vorschein kommt, das völlige Fehlen von Empathie und eine ungezügelte Aggressivität… Menschen ohne Gewissen sind der Natur der Dinge nach pathologische Verbrecher.

Der Schaffner lachte verächtlich.

– Sie gehören, werter Herr, zu jenen, die für immer den bestehenden Zustand bewahren würden. Den bestehenden Zustand, in dem Sie sich sicher fühlen und den Sie, wie er ist, für die nächsten hundert, ja womöglich tausend Jahre bewahren würden…- er schneidet eine Grimasse. – Jedoch werden um der Veränderung der Welt willen natürlich Verbrechen begangen, Dörfer und Städte niedergebrannt, Zivilisten umgebracht…Das ist alles der Preis für die Veränderungen, ohne die es keinen Fortschritt gäbe…

– Fortschritt? Was für einen Fortschritt! Im Bösen, im Begehen von Verbrechen…

Der Schrille wollte noch etwas sagen, aber der Schaffner winkte nur mit der Hand ab, er hatte keine Lust, sich weiter in diese Polemik einzulassen.

– Wir nähern uns einem Tunnel, bitte schließen Sie
rechtzeitig die Fenster!

Durch das Dunkel der Nacht
Durch mondbeschienene Landschaften
Ohne Halt vorbei an verschlafenen Stationen
Jagt der Zug dahin.

Ein langes Pfeifen der Lokomotive. Der Zug fährt in den
Tunnel ein. Im Abteil geht das Licht aus. Eine Störung
irgendwo im Leitungssystem. Aber wem können die Passa-
giere Beschwerde melden? Sie sind sich selbst und der
Panik, die sie nach und nach ergreift, überlassen. Als ob
die Fahrt durch den Tunnel eine ganze Ewigkeit dauerte.
Niemand sagt etwas. Nur tierische Angst, die wächst und
wächst: vor dem völligen, sterne- und mondscheinlosen
Dunkel, vor dem Bergesinneren, durch das der Zug dröhnt.
Der Bub beginnt zu weinen: »Mama, warum gibt es kein
Licht?« Eine schwache Streichholzflamme erleuchtet von
Zeit zu Zeit das sorgenvolle Gesicht der Reisenden. Erst
jetzt fällt es jemandem ein, das Fenster zu schließen,
durch das beißender Geruch dringt, der Hustenreiz und
Atembeschwerden verursacht. Das kümmerliche Licht
scheint nicht lange. Bald herrscht wieder völlige undurchdringliche Finsternis.

Endlich erreicht der Zug das Tageslicht. Er fährt in
einen verschneiten Morgen, das Weiß, in dem er sich auf
einmal befindet, wirkt sonderbar, unecht. Die Felder sind
schneebedeckt, durch den morgendlichen Dunst sind in
der Ferne schemenhaft Berge zu sehen.

Albert rieb sich die Augen. Das überraschende Weiß
verursacht ihm starke Kopfschmerzen. Der Zug wird

langsamer, die Lokomotive kämpft sich schnaubend durch die Schneehaufen. Soweit sich Albert erinnert, war im Reiseprospekt nirgends von witterungsbedingten Behinderungen die Rede.

Der in der Ecke des Abteils wischt sich sein pockennarbiges, verschwitztes Gesicht dauernd mit dem Taschentuch ab; er zieht aus seiner Tasche ein Buch hervor. In einer Art stiller Begeisterung liest er einen Abschnitt aus der *Welt von gestern* Stefan Zweigs: *Es gab kein Land, in das man flüchten, keine Stille, die man kaufen konnte, immer und überall griff uns die Hand des Schicksals und zerrte uns zurück in sein unersättliches Spiel.*

Albert war nach Protest zumute. Warum dieser Abschnitt? Es gibt so viele andere Sätze, die zitiert zu werden wert sind. Der Pockennarbige aber fällt in ein grobes, fast irres Gelächter:

– Nein, wir sind nicht zufällig hier aufeinander getroffen. Wir sind Verlierer. Diese Welt ist für uns die Welt des Satans.

Der Bub hört nicht auf zu weinen. Vergebens versucht die Mutter, ihn zu beruhigen. Albert versteht kein Wort mehr. All diese näselnden, schrillen, scharfen Stimmen der Erwachsenen und der Kinder ergeben einen fürchterlichen Lärm. Und das Rattern der Räder.

Rat-ta-rat-rat-ta-rat.

Albert hält diesen Lärm, von dem er nicht mehr sagen kann, ob er wirklich im Abteil oder in seinem Kopf ist, nicht aus.

Er geht auf den Gang hinaus, aber der Lärm hört nicht auf. Er hält sich die Ohren zu, aber der Lärm wird nicht schwächer sondern immer stärker. Er schaut durch die

Tür eines anderen Abteils und erkennt einige Reisende: Uriel Kohn im grauen Flanellanzug, die Augen halb geschlossen, der glatzköpfige Mischa Wolf mit seinem Geigenkasten auf dem Schoß, die Leute aus dem *Marriott* in New York, verlassene und zurückgelassene Kinder Mitteleuropas. Welch ein sonderbarer Zufall, welch unerwartete Fügung. Alle im selben Zug, auf derselben Reise! Nicht unter einem glücklichen, sondern unter einem unglücklichen Stern geboren. Verbunden nur durch dieses Unglück.

Rat-ta-rat-rat-ta-rat.

Er versucht, die Tür zu dem Abteil zu öffnen um sich zu ihnen zu gesellen. Die Tür ist versperrt. Vergebens klopft er mit der Faust. Selbstversunken und in sich gekehrt wie sie sind, hören sie sein Klopfen nicht, sie bemerken ihn nicht. Er gelangt an das Ende des Waggons und öffnet die Tür zum nächsten Waggon.

Das Geräusch des fahrenden Zuges vermischt sich mit dem Lärm, der ihn verfolgt, und die kalte Winterluft, der Wind und das Schneegestöber bringen ihn sogleich zum Erzittern; er beeilt sich, die Tür zum anderen Waggon zu öffnen. Er befindet sich in einem Halbdunkel, ein heftiger Geruch menschlicher Körper weht ihn an, er tritt auf jemandes Hand, hört einen Schmerzensschrei, zieht schnell den Fuß zurück, stößt aber wieder auf einen Körper. Es gibt keine freie Stelle, nicht für einen einzigen Schritt. Auf dem Boden liegen Menschen, man hört Stöhnen und unterdrückte Schmerzensschreie.

Die Ausflugsreise wird zu einem Albtraum, der Pullman zu einem Viehwaggon.

Plötzlich wird der *Orient-Express* langsamer. Albert gelangt irgendwie zur hölzernen Wand des Waggons, und durch einen kleinen Spalt zwischen zwei Brettern, durch den schwach das Tageslicht dringt, erblickt er einen kleinen Provinzbahnhof voll mit Menschen, die sich wie Schatten in alle Richtungen bewegen. Sie tragen Bündel und sind für die Verhältnisse, die draußen herrschen, schlecht angezogen. Man hört scharfe, unverständliche, drohende, laute Rufe, Hundegebell. Soldaten in Uniformen sind entlang des Gleises postiert. Unter einem langgezogenen Pfeifen der Lokomotive bleibt der Zug stehen. Die Türen der Waggons gehen auf, Eiseskälte weht herein.

Er befindet sich auf einem Provinzbahnhof, der gleiche wie in seinen Träumen. Die Stationsaufschrift unleserlich, unter den schmutzigen Fenstern, aus denen die Bahnbeamten auf den Bahnsteig glotzen, entstellte Gesichter, Tieren ähnlicher als Menschen. Von den Wänden bröckelt der Verputz, alles ist im Verfallen. Indes ist dies jetzt kein Traum sondern Wachen. Und die Station ist nicht leer, sondern voll von Menschen, die im Geleit von Bewaffneten kolonnenweise den schon ausgetretenen Weg in Richtung der weit geöffneten, massiven Eisentore des Lagers gehen.

Und über dem Tor die Aufschrift: *ARBEIT MACHT FREI.*

Verborgene Ordnung

Albert schloss die Augen. So wird man unsichtbar. Das ist jener unglaubliche Trick, von dem sein Vater gesprochen hatte, des berühmten Verwandten Houdini würdig, des größten Entfesselungskünstlers aller Zeiten.

– Diese unsere Welt ist nicht gerade der perfekte Ort zum Leben, hatte Vater gesagt. – Wenn du in großer Unbill bist, mach einfach die Augen zu und warte ein bisschen.

Und wirklich. Er ist nicht mehr in der Kolonne. Er befindet sich in einer weißen Winterlandschaft und ruft nach Elijah. Elijah ruft aus der Ferne mit seiner hellen Kinderstimme zurück. Aus dem sich öffnenden Schnee-himmel kommt ein weißes Pferd mit Hundekopf angeflogen, und auf ihm sitzt niedergeduckt und sich fest an der Mähne des Tieres anhaltend Elijah. Das hundeköpfige Pferd lässt sich lautlos auf dem schneebedeckten Feld nieder. Elijah läuft dem Bruder in die Arme.

Das ist jener Augenblick des Glücks und der Erlösung, von dem Albert geträumt hat, und für den es sich zu leben und zu warten gelohnt hat.

Sie gehen Hand in Hand. Elijah blickt in Liebe zu seinem Bruder.

Vor ihnen erstreckt sich die endlose schneebedeckte Ebene.

Aus dem Morgennebel tauchen schattengleich zwei menschliche Gestalten auf. Der Vater und die Mutter. Sie eilen aufeinander zu. Jetzt sind sie wieder vereint. Isak und Sara umarmen ihre Kinder Albert und Elijah. Niemals mehr wird sie irgendwer trennen. Niemand, niemals.

Das ist alles, was er sich gewünscht hat, eine Welt ohne Schmerz, Ungerechtigkeit, Verzweiflung. Ohne das Böse.

Eine solche Welt gibt es. In einer anderen, verborgenen Ordnung der Dinge.

Albert wagt es nicht, die Augen zu öffnen. Und im Kopf wird der Lärm immer stärker.